고려대
한국어

高麗大學韓國語中心　編著

國立政治大學韓國語文學系　朴炳善、陳慶智　博士　翻譯、中文審訂

瑞蘭國際

고려대학교 한국어센터는 1986년 설립된 이래 한국어와 한국 문화를 재미있게 배우고 효과적으로 가르치는 방법을 연구해 왔습니다. 《고려대 한국어》와 《고려대 재미있는 한국어》는 한국어센터에서 내놓는 세 번째 교재로 그동안 쌓아 온 연구 및 교수 학습의 성과를 바탕으로 하고 있습니다.

이 책의 가장 큰 특징은 한국어를 처음 접하는 학습자도 쉽게 배워서 바로 사용할 수 있도록 구성했다는 점입니다. 한국어 환경에서 자주 쓰이는 항목을 최우선하여 선정하고 이 항목을 학습자가 교실 밖에서 사용할 수 있도록 연습 기회를 충분히 그리고 다양하게 제공하고 있습니다.

이 책을 내기까지 많은 분들의 도움을 받았습니다. 먼저 지금까지 고려대학교 한국어센터에서 한국어를 공부한 학습자들께 감사드립니다. 쉽고 재미있는 한국어 교수 학습에 대한 학습자들의 다양한 요구가 없었다면 이 책은 나오지 못했을 것입니다. 그리고 한국어 학습자들의 요구에 부응하기 위해 열정적으로 교육과 연구에 헌신하고 계신 고려대학교 한국어센터의 선생님들께도 감사드립니다.

무엇보다 한국어 학습자와 한국어 교원의 요구 그리고 한국어 교수 학습 환경을 종합적으로 고려한 최상의 한국어 교재를 위해 밤낮으로 고민하고 집필에 매진하신 고려대학교 국어국문학과 김정숙 교수님을 비롯한 저자분들께 깊은 감사를 드립니다. 이 밖에도 이 책이 보다 멋진 모습을 갖출 수 있도록 도와주신 고려대학교 출판문화원의 윤인진 원장님과 직원 여러분께도 감사드립니다. 그리고 집필진과 출판문화원의 요구를 수용하여 이 교재에 맵시를 입히고 멋을 더해 주신 랭기지플러스의 편집 및 디자인 전문가, 삽화가의 노고에도 깊은 경의를 표합니다.

부디 이 책이 쉽고 재미있게 한국어를 배우고자 하는 한국어 학습자와 효과적으로 한국어를 가르치고자 하는 한국어 교원 모두에게 도움이 되기를 바랍니다. 또한 앞으로 한국어 교육의 내용과 방향을 선도하는 역할도 아울러 할 수 있게 되기를 희망합니다.

2019년 7월
국제어학원장 박성철

이 책의 특징

《고려대 한국어》와 《고려대 재미있는 한국어》는 '형태를 고려한 과제 중심 접근 방법'에 따라 개발된 교재입니다. 《고려대 한국어》는 언어 항목, 언어 기능, 문화 등이 통합된 교재이고, 《고려대 재미있는 한국어》는 말하기, 듣기, 읽기, 쓰기로 분리된 기능 교재입니다.

《고려대 한국어》 2가 100시간 분량, 《고려대 재미있는 한국어》가 100시간 분량의 교육 내용을 담고 있습니다. 200시간의 정규 교육 과정에서는 두 권을 병행하여 사용하고, 100시간 정도의 단기 교육 과정이나 해외 대학 등의 한국어 강의에서는 강의의 목적이나 학습자의 요구에 맞는 교재를 선택하여 사용할 수 있습니다.

《고려대 한국어》의 특징

▶ **한국어를 처음 배우는 학습자도 쉽게 배울 수 있습니다.**
- 한국어 표준 교육 과정에 맞춰 성취 수준을 낮췄습니다. 핵심 표현을 정확하고 유창하게 사용하는 것이 목표입니다.
- 제시되는 언어 표현을 통제하여 과도한 입력의 부담 없이 주제와 의사소통 기능에 충실할 수 있습니다.
- 알기 쉽게 제시하고 충분히 연습하는 단계를 마련하여 학습한 내용의 이해에 그치지 않고 바로 사용할 수 있습니다.

▶ **학습자의 동기를 이끄는 즐겁고 재미있는 교재입니다.**
- 한국어 학습자가 가장 많이 접하고 흥미로워하는 주제와 의사소통 기능을 다룹니다.
- 한국어 학습자의 특성과 요구를 반영하여 명확한 제시와 다양한 연습 방법을 마련했습니다.
- 한국인의 언어생활, 언어 사용 환경의 변화를 발 빠르게 반영했습니다.
- 친근하고 생동감 있는 삽화와 입체적이고 감각적인 디자인으로 학습의 재미를 더합니다.

▶ **한국어 학습에 최적화된 교수 학습 과정을 구현합니다.**

- 학습자가 자주 접하는 의사소통 과제를 선정했습니다. 과제 수행에 필요한 언어 항목을 학습한 후 과제 활동을 하도록 구성했습니다.
- 언어 항목으로 어휘, 문법과 함께 담화 표현을 새로 추가했습니다. 담화 표현은 고정적이고 정형화된 의사소통 표현을 말합니다. 덩어리로 제시하여 바로 사용하게 했습니다.
- 도입 – 제시·설명 – 형태적 연습 활동 – 유의적 연습 활동의 단계로 절차화했습니다.
- 획일적이고 일관된 방식을 탈피하여 언어 항목의 중요도와 난이도에 맞춰 제시하는 절차와 분량에 차이를 두었습니다.
- 발음과 문화 항목은 특정 단원의 의사소통 과제와 긴밀하게 연결되지는 않으나 해당 등급에서 반드시 다루어야 할 항목을 선정하여 단원 후반부에 배치했습니다.

《고려대 한국어》의 구성

▶ 총 10단원으로 한 단원을 10~12시간이 소요됩니다.

▶ 한 단원의 구성은 아래와 같습니다.

| 도입 | 배워요 | | | 한 번 더 연습해요 | 이제 해 봐요 | | | | 자기 평가 |
| 생각해 봐요 학습 목표 | 어휘 | 문법 | 담화 표현 | | 말해요 | 들어요 | 읽어요 | 써요 | 발음/문화 |

▶ **교재의 앞부분에는 '이 책의 특징'과 '단원 구성 표'를 배치했고, 교재의 뒷부분에는 '정답'과 '듣기 지문', '어휘 찾아보기', '문법 찾아보기'를 부록으로 넣었습니다.**

- 부록의 어휘는 단원별 어휘 모음과 모든 어휘를 가나다순으로 정렬한 두 가지 방식으로 제시했습니다.
- 부록의 문법은 문법의 의미와 화용적 특징, 형태 정보를 정리했고 문법의 쓰임을 확인할 수 있는 전형적인 예문을 넣었습니다. 학습자의 모어 번역도 들어가 있습니다.

▶ **모든 듣기는 MP3 파일 형태로 내려받아 들을 수 있습니다.**

《고려대 한국어 2》의 목표

일상생활에서 자주 접하는 주제인 자기소개, 건강, 여가 활동, 좋아하는 것, 가족, 여행 등에 대해 이해하고 표현할 수 있습니다. 길 묻기, 옷 사기, 축하와 위로하기 등의 기본적인 의사소통 기능을 수행할 수 있습니다. 한국어의 높임말과 반말의 쓰임을 알고 구별하여 말할 수 있습니다.

高麗大學韓國語中心開發了《新高麗大學韓國語》與《新高麗大學有趣的韓國語》兩本全新的教材。教材編撰時考量其個別形態，並且遵循以課題為中心的方法，將教材分為整合語言機能與語言項目的《新高麗大學韓國語》，以及以聽、說、讀、寫活動機能為主的《新高麗大學有趣的韓國語》。

《新高麗大學韓國語》與《新高麗大學有趣的韓國語》各包含了100小時的學習內容。在200小時的正規教育課程中可同時使用兩本教材，但若是100小時左右的短期教育課程或海外大學的韓語課程，則可將《新高麗大學韓國語》作為主教材使用。

《新高麗大學韓國語》的特點

▶ **韓語初學者也能輕易學習。**
- 配合韓語標準教育課程降低了難度，能夠正確且流暢地運用核心表現為本書的目標。
- 控管語言表現的呈現方式，減少過度灌輸的負擔，從而將重點集中在主題與溝通的機能上。
- 以淺顯易懂的方式呈現，並透過充分的練習，讓學習者不會只停留在內容的理解上，而是能夠馬上活用。

▶ **能引起學習動機的有趣教材。**
- 涵蓋韓語學習者最常接觸且有趣的主題以及溝通機能。
- 回應韓語學習者的特性與需求，準備了明確的提示與多樣的練習方法。
- 迅速反應韓國人的語言生活與語言使用環境的變化。
- 運用貼切生動的插畫與富有立體感、直覺的設計讓學習增添趣味。

▶ **具體呈現優化過的韓語教學與學習課程。**

- 本教材選用學習者較常接觸的溝通課題，在練習課題所需的語言項目後，即可進行課題的活動。
- 語言項目包含了語彙與文法，並新加入了談話表現。談話表現指的是固定且定型化的溝通表現。以語塊的方式呈現，讓學習者可以馬上使用。
- 分成「導入—提示‧說明—形態的練習活動—功能性練習活動」等步驟依序進行。
- 擺脫千篇一律的方式，配合語言項目的重要性與難易度，在呈現的步驟與分量上做出區別。
- 發音與文化項目雖然與特定單元的溝通課題沒有緊密的關連，但選定了該等級必須學習的項目放置在單元的後半部。

《新高麗大學韓國語2》的結構

▶ **總共分為10個單元，每個單元需花費10～12個小時。**

▶ **每個單元的結構如下。**

| 導入 | 請學一學 | | | 再練習一次 | 現在請試一試 | | | | 自我評價 |
| 請想一想
學習目標 | 語彙 | 文法 | 句組
表現 | | 聽 | 說 | 讀 | 寫 | 發音/文化 |

▶ **在本教材的前方安排了「本書的特點」、「單元結構表」、「韓國文字」，教材後方放入了「正確答案」、「聽力腳本」、「語彙索引」、「文法索引」等附錄。**

- 附錄中的語彙以單元彙整與字母順序排列等兩種方式呈現。
- 附錄中的文法整理了文法的意義、語用的特徵以及形態上的資訊，並放入具代表性的例句來確認該文法的使用方式。另外，也添加了學習者母語的翻譯。

▶ **所有的聽力內容皆可以MP3的格式下載聆聽。**

《新高麗大學韓國語2》的目標

能夠理解並表現日常生活中常接觸的主題，如自我介紹、健康、休閒生活、喜歡的事物、家人、旅行等。能進行問路、買衣服、祝賀與安慰等基本的溝通。能理解韓語中敬語與平語的使用方式，說話時能夠區別。

등장인물이 나오는 장면을 보면서 단원의 주제, 의사소통 기능 등을 확인합니다.

察看出場人物的圖片，能確認各單元的主題、溝通機能、對話的情境或參與者等資訊。

어휘의 도입 語彙的導入 ◀

- 목표 어휘가 사용되는 의사소통 상황입니다.
  使用目標語彙溝通時的情境。

어휘의 제시 語彙的呈現 ◀

- 어휘 목록입니다. 맥락 속에서 어휘를 배웁니다.
  語彙目錄。在上下文中學習語彙。

- 그림, 어휘 사용 예문을 보며 어휘의 의미와 쓰임을 확인합니다.
  察看圖片、圖示與使用語彙的例句，能確認語彙的意義與用法。

랭기지 팁 語言提點 ◀

- 알아 두면 유용한 표현입니다.
  學習實用的表現。

단원의 제목 單元的題目

생각해 봐요 請想想看
- 등장인물이 나누는 간단한 대화를 듣고 단원의 주제와 의사소통 목표를 생각해 봅니다.
  在聆聽登場人物間的簡單對話後，想一想本單元的溝通目標。

학습 목표 學習目標
- 단원을 학습한 후에 수행할 수 있는 의사소통 목표입니다.
  在學習本單元後，能夠完成的溝通目標。

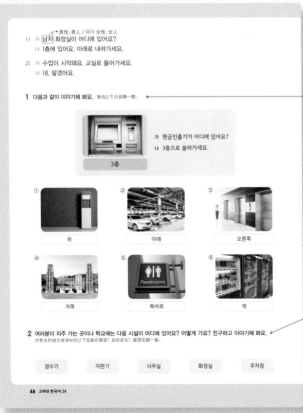

어휘의 연습 1 語彙練習 1
- 배운 어휘를 사용해 볼 수 있는 말하기 연습입니다.
  能夠運用所學語彙的口說練習。
- 연습의 방식은 그림, 사진, 문장 등으로 다양합니다.
  練習的方式有圖片、照片、句子等非常多樣。

어휘의 연습 2 語彙練習 2
- 유의미한 의사소통 상황에서 배운 어휘를 사용하는 말하기 연습입니다.
  在具有意義的溝通情境中運用所學語彙的口說練習。

이 책의 특징 本書的特點

문법의 도입 文法的導入

- 목표 문법이 사용되는 의사소통 상황입니다.
  使用目標文法時的溝通情境。

문법의 제시 文法的呈現

- 목표 문법의 의미와 쓰임을 여러 예문을 통해 확인합니다.
  透過多個例句確認目標文法的意義與用法。

- 목표 문법을 사용하기 위해 알아야 하는 기본 정보입니다.
  目標文法使用時必須知道的資訊說明。

새 단어 新語彙

- 어휘장으로 묶이지 않은 개별 단어입니다.
  沒有編入語彙表的個別語彙。

- 문맥을 통해 새 단어의 의미를 확인합니다.
  透過上下文確認新語彙的意義。

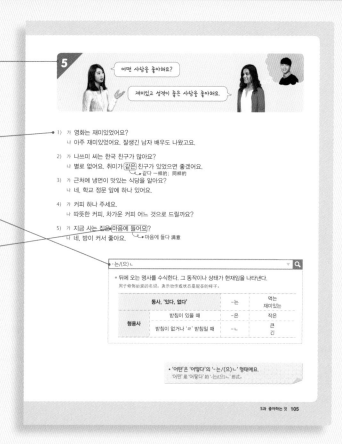

담화 표현의 제시 句組表現的呈現

- 고정적이고 정형화된 의사소통 표현입니다.
  固定且定型化的溝通表現。

담화 표현 연습 句組表現練習

- 담화 표현을 덩어리째 익혀 대화하는 말하기 연습입니다.
  將談話表現以語塊的方式熟記後，完成對話。

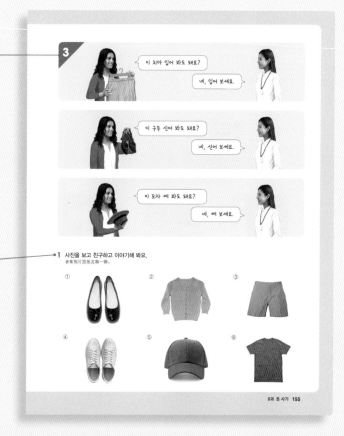

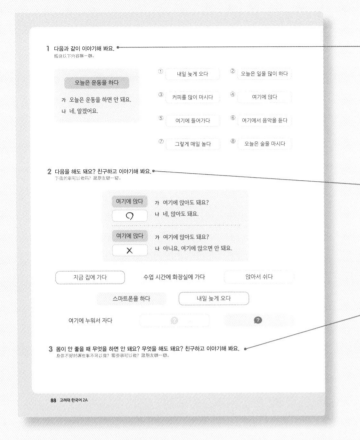

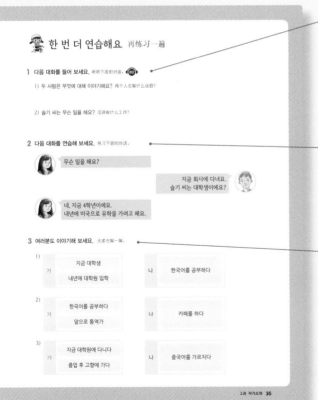

문법의 연습 1 文法練習 1

- 배운 문법을 사용해 볼 수 있는 말하기 연습입니다.
  能夠運用所學文法的口說練習。

- 연습의 방식은 그림, 사진, 문장 등으로 다양합니다.
  練習的方式有圖片、照片、句子等非常多樣。

문법의 연습 2 文法練習 2

- 문법의 중요도와 난이도에 따라 연습 활동의 수와
  분량에 차이가 있습니다.
  根據文法的重要性與難易度，在練習活動的數量與分量
  上做出區別。

문법의 연습 3 文法練習 3

- 유의미한 의사소통 상황에서 배운 문법을 사용하는
  말하기 연습입니다.
  在具有意義的溝通情境中運用所學文法的口說練習。

대화 듣기 聆聽對話

- 의사소통 목표가 되는 자연스럽고 유의미한 대화를 듣고
  대화의 목적, 대화의 내용을 파악합니다.
  聆聽以溝通為目標的對話，在自然且有意義的對話情境
  下，掌握對話的目的與內容。

대화 연습 對話練習

- 대화 연습을 통해 대화의 구성 방식을 익힙니다.
  透過對話練習熟悉對話的組成方式。

대화 구성 연습 對話組成練習

- 학습자 스스로 대화를 구성하여 말해 보는 연습입니다.
  學習者自行組成對話而進行的練習。

- 어휘만 교체하는 단순 반복 연습이 되지 않도록 구성했
  습니다.
  在組成上避免成為只是簡單替換語彙的反覆練習。

이 책의 특징 本書的特點

듣기 활동 聽力活動

- 단원의 주제와 기능이 구현된 의사소통 듣기 활동입니다.
  具體呈現單元主題與機能的溝通性聽力活動。

- 중심 내용 파악과 세부 내용 파악 등 목적에 따라 두세 번 반복하여 듣습니다.
  根據掌握重點內容與細部內容等目的的不同，反覆聽兩三次。

읽기 활동 閱讀活動

- 단원의 주제와 기능이 구현된 의사소통 읽기 활동입니다.
  具體呈現單元主題與機能的溝通性閱讀活動。

- 중심 내용 파악과 세부 내용 파악 등 목적에 따라 두세 번 반복하여 읽습니다.
  根據掌握重點內容與細部內容等目的的不同，反覆閱讀兩三次。

쓰기 활동 寫作活動

- 단원의 주제와 기능이 구현된 의사소통 쓰기 활동입니다.
  具體呈現單元主題與機能的溝通性寫作活動。

- 쓰기 전에 써야 할 내용이나 방식에 대해 생각해 본 후 쓰기를 합니다.
  寫作前先想一想要寫的內容或方式，再進行寫作。

이제 해 봐요 現在試一試

1 다음은 여가 생활에 대한 대화입니다. 잘 듣고 질문에 답해 보세요.
下面是关于休闲生活的对话。请认真听，然后回答问题。

들어요

1) 남자는 시간이 있을 때 무엇을 해요? 고르세요.
   男人有空时会做什么? 请选出来。

2) 들은 내용과 같으면 ○, 다르면 ×로 표시하세요.
   与听到的内容一致时 ○，不同时 × 表示。

   ① 여자는 요리를 자주 해요.   ○ ×

   ② 여자는 남자의 요리를 전에 먹었어요.   ○ ×

읽어요

1 다음은 취미를 소개하는 글입니다. 잘 읽고 질문에 답해 보세요.
以下是介绍爱好的短文。请仔细阅读，然后回答问题。

제 취미는 피아노를 치는 거예요. 저는 다섯 살 때 피아노를 처음 배웠어요. 그때부터 저는 피아노 치는 것이 좋았어요. 고향에 있을 때는 자주 피아노를 쳤어요. 지금은 피아노가 없어서 못 쳐요.
지난 주말에는 피아노 콘서트에 갔어요. 피아노 소리를 들어서 너무 좋았어요. 앞으로도 자주 콘서트에 가려고 해요.
聲

1) 이 사람의 취미는 무엇이에요?
   这个人的爱好是什么?

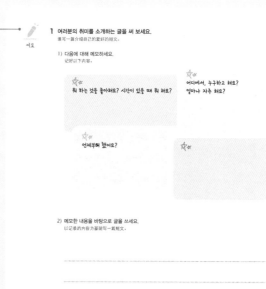

서요

1 여러분의 취미를 소개하는 글을 써 보세요.
填写一篇介绍自己的爱好的短文。

1) 다음에 대해 메모하세요.
   记好以下内容。

   뭐 하는 것을 좋아해요? 시간이 있을 때 뭐 해요?

   어디에서, 누구하고 해요?
   얼마나 자주 해요?

   언제부터 했어요?

2) 메모한 내용을 바탕으로 글을 쓰세요.
   以记录的内容为基础写一篇短文。

2) 읽은 내용과 같으면 ○, 다르면 ×에 표시하세요.
与阅读的内容一致时用 ○, 不同时用 × 表示。

① 지금 이 사람의 집에는 피아노가 없어요. ○ ×

② 이 사람은 지난 주말에 콘서트에서 피아노를 쳤어요. ○ ×

1 취미에 대해 친구들하고 이야기해 보세요.
跟喜欢爱好的朋友聊一聊。

1) 여러분의 취미는 뭐예요? 메모하세요.
你的爱好是什么? 请记下来。

2) 친구의 취미에 대해 물어볼 거예요. 무엇을 질문할 거예요? 생각해 보세요.
将向一下朋友的爱好。想一想你会问哪些问题。

취미? | 얼마나 자주? | 누구하고? | 언제부터? | 어디에서?

3) 친구하고 취미에 대해 이야기하세요.
跟朋友聊一聊爱好。

3과 여가 생활 75

말하기 활동 口說活動

• 단원의 주제와 기능이 구현된 의사소통 말하기 활동입니다.
具體呈現單元主題與機能的溝通性口說活動。

• 말하기 전에 말할 내용이나 방식에 대해 생각해 본 후 말하기를 합니다.
口說前先想一想要說的內容或方式,再進行口說。

문화 **한국인의 여가 시간** 韓国人的閑暇时间

• 여러분은 여가 시간을 어떻게 보내요? 한국인은 어떻게 보낼까요?
你是如何度过闲暇时间的呢? 韓国人又是如何度过的呢?

闲暇时间是指在基本生活时间里除去工作、学习、睡眠和就餐等生活活动时间以外的时间。

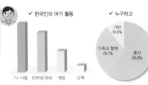

最受韩国人欢迎的休闲活动是看电视, 其后依次为上网或网络社交活动、打游戏和散步。据统计, 独自进行休闲活动的比率为59.8%, 并呈现逐渐上升的趋势, 而与家人一起进行休闲活动的比率则下降至29.7%。

✓ 한국인의 여가 활동
TV 시청 | 인터넷/SNS | 게임 | 산책

✓ 누구하고
기타 10.5%
가족과 함께 29.7%
혼자 59.9%

• 여러분은 여가 시간에 보통 무엇을 해요? 한국인하고 비슷해요?
你在闲暇时间通常常做什么? 跟韓国人相似吗?

이번 과 공부는 어땠어요? 별점을 매겨 보세요!
这一课学习得如何? 请用星星打个分!

자기 평가
自我评价

여가 생활에 대해 이야기를 할 수 있어요? ☆ ☆ ☆ ☆ ☆

3과 여가 생활 77

발음 활동/문화 활동 發音活動/文化活動

• 초급에서 필수적으로 알아야 할 발음/문화 항목을 소개합니다. 간단한 설명 후 실제 활동을 해 봅니다.
介紹初級階段必須知道的發音/文化項目。在簡單地說明後,進行實際的活動。

• 단원마다 발음 또는 문화 항목이 제시됩니다.
每個單元都會提示發音或文化項目。

자기 평가 自我評價

• 단원 앞부분에 제시되었던 학습 목표 달성 여부를 학습자 스스로 점검합니다.
由學習者自我檢驗是否達成在單元前面提示的學習目標。

단원 구성 표

단원	단원 제목	학습 목표	의사소통 활동
1과	자기소개	자기소개를 할 수 있다.	• 자기소개 대화 듣기 • 자기소개 글 읽기 • 자기소개 하기 • 자기소개 글 쓰기
2과	위치	시설의 위치를 묻고 답할 수 있다.	• 위치를 묻는 대화 듣기 • 장소를 소개하는 글 읽기 • 자주 가는 곳에 대한 글 쓰기 • 위치를 묻고 답하기
3과	여가 생활	여가 생활에 대해 이야기할 수 있다.	• 여가 생활에 대한 대화 듣기 • 취미에 대한 글 읽기 • 취미에 대해 묻고 답하기 • 취미를 소개하는 글 쓰기
4과	건강	건강 상태에 대해 묻고 답할 수 있다.	• 건강에 대한 대화 듣기 • 건강에 대해 묻고 답하기 • 건강에 대한 글 읽기 • 건강에 대한 상담 글 쓰기
5과	좋아하는 것	좋아하는 것에 대해 묻고 답할 수 있다.	• 좋아하는 것에 대한 대화 듣기 • 좋아하는 장소에 대한 글 읽기 • 좋아하는 것을 묻고 답하기 • 좋아하는 것에 대한 글 쓰기
6과	가족	가족에 대해 묻고 답할 수 있다.	• 가족을 소개하는 대화 듣기 • 가족 소개 글 읽기 • 가족 소개하기 • 가족을 소개하는 글 쓰기
7과	여행	여행 경험에 대해 묻고 답할 수 있다.	• 여행에 대한 대화 듣기 • 여행 경험 소개하기 • 여행 경험에 대한 글 읽기 • 여행 경험에 대한 글 쓰기
8과	옷 사기	옷 가게에서 옷을 살 수 있다.	• 옷 가게에서의 대화 듣기 • 옷을 산 경험에 대한 글 읽기 • 옷 가게에서 대화하기 • 좋아하는 옷에 대한 글 쓰기
9과	축하와 위로	축하와 위로를 할 수 있다.	• 위로하는 대화 듣기 • 축하 받은 일에 대한 글 읽기 • 축하나 위로할 일에 대해 묻고 답하기 • 축하나 위로 받은 경험 쓰기
10과	안부	오래간만에 만난 친구하고 안부를 묻고 답할 수 있다.	• 안부를 묻는 대화 듣기 • 안부를 묻고 답하기 • 친구하고 주고받은 문자 메시지 읽기 • 친구한테 문자 메시지 보내기

	어휘·문법·담화 표현		발음 / 문화
• 직업 • 신상	• -고 있다 • -(으)ㄴ 후에 • -(으)려고 하다	• 이름 말하기	격음화
• 위치 • 시설 • 이동	• 에 있다 • -아서/어서/여서 • -(으)면 되다 • -(으)ㄹ래요? • (으)로 1 • 만		지하철을 타 봅시다!
• 여가 활동 • 빈도	• -(으)러 가다 • -(으)ㄹ 때 • -는 것		한국인의 여가 시간
• 몸 • 건강	• -(으)면 • -아도/어도/여도 되다 • -(으)면 안 되다		아플 때는 여기로!
• 특징 1 • 특징 2	• -지만 • -(으)면 좋겠다 • -는/(으)ㄴ • -지요?		소리 내어 읽기 1
• 가족 • 경어	• 높임말 • -아/어/여 주다/드리다 • 께서, 께서는, 께	• 가족 구성원 묻고 답하기	어른 앞에서는
• 여행지	• -아/어/여 보다 • -(으)ㄴ • -네요 • -(으)ㄹ까요?	• 여행 경험 묻고 답하기	비음화
• 옷 • 색	• -는/(으)ㄴ 것 같다 • -(으)ㄹ게요 • (으)로 2	• 옷 사기	한국인과 색
• 기분·감정 • 축하하는 일 • 위로하는 일	• -는데/(으)ㄴ데 • -(으)ㄹ 것이다	• 축하하기 • 위로하기	소리 내어 읽기 2
• 근황 • 관계	• 반말(-아/어/여) • 반말(-야) • -(으)ㄹ	• 안부 묻고 답하기	지칭어·호칭어

單元	單元名	學習目標	溝通活動.
第一課	**自我介紹**	能做自我介紹	• 聆聽自我介紹的對話 • 閱讀自我介紹的文章 • 練習自我介紹 • 書寫自我介紹的文章
第二課	**位置**	能針對設施的位置進行提問與回答。	• 聆聽詢問某位置的對話 • 閱讀介紹某場所的文章 • 書寫關於經常去的地方的文章 • 針對某位置進行提問與回答
第三課	**休閒生活**	能針對休閒活動進行對話。	• 聆聽關於休閒生活的對話 • 閱讀關於興趣的文章 • 針對興趣進行提問與回答 • 書寫介紹興趣的文章
第四課	**健康**	能針對健康狀況進行提問與回答。	• 聆聽關於在某場所做某事的對話 • 閱讀關於某場所的文章 • 針對在某場所做的事進行問答 • 書寫在某場所做的事
第五課	**喜歡的事物**	能針對喜歡的事物進行提問與回答。	• 聆聽關於喜歡的事物的對話 • 閱讀關於喜歡的場所的文章 • 針對喜歡的事物進行提問與回答 • 書寫關於喜歡的事物的文章
第六課	**家人**	能針對家人進行提問與回答。	• 聆聽介紹家人的對話 • 閱讀介紹家人的文章 • 練習介紹家人 • 書寫介紹家人的文章
第七課	**旅行**	能針對旅行經驗進行提問與回答。	• 聆聽關於旅行的對話 • 練習介紹旅行經驗 • 閱讀關於旅行經驗的文章 • 書寫關於旅行經驗的文章
第八課	**買衣服**	能在服飾店買衣服。	• 聆聽服飾店裡的對話 • 閱讀關於買衣服經驗的文章 • 練習服飾店裡的對話 • 書寫關於喜歡的衣服的文章
第九課	**祝賀與安慰**	能表達祝賀與安慰。	• 聆聽安慰他人的對話 • 閱讀關於獲得祝賀的文章 • 針對值得慶祝或需要安慰的事情進行提問與回答 • 書寫關於獲得祝賀或安慰經驗的文章
第十課	**問候**	能與久未見面的朋友相互問候。	• 聆聽問候他人的對話 • 練習互相問候 • 閱讀與朋友互相傳送的文字簡訊 • 傳送文字訊息給朋友

	語彙、文法、談話表現		發音 / 文化
職業 身分	• -고 있다 • -(으)ㄴ 후에 • -(으)려고 하다	• 介紹名字	激音化
位置 設施 移動	• 에 있다 • -아서/어서/여서 • -(으)면 되다 • -(으)ㄹ래요? • (으)로 1 • 만		試著搭乘韓國地鐵吧！
休閒活動 頻率	• -(으)러 가다 • -(으)ㄹ 때 • -는 것		韓國人的休閒時間
身體 健康	• -(으)면 • -아도/어도/여도 되다 • -(으)면 안 되다		生病時就來這裡！
特徵 1 特徵 2	• -지만 • -(으)면 좋겠다 • -는/(으)ㄴ • -지요?		朗讀1
家人 敬語	• 敬語 • -아/어/여 주다/드리다 • 께서, 께서는, 께	• 針對家族成員進行提問與回答	在長輩面前
旅遊地點	• -아/어/여 보다 • -(으)ㄴ • -네요 • -(으)ㄹ까요?	• 針對旅行經驗進行提問語回答	鼻音化
服飾 顏色	• -는/(으)ㄴ 것 같다 • -(으)ㄹ게요 • (으)로 2	• 買衣服	韓國人與顏色
心情·情感 值得慶祝的事 需要安慰的事	• -는데/(으)ㄴ데 • -(으)ㄹ 것이다	• 祝賀 • 安慰	朗讀2
近況 關係	• 平語(-아/어/여) • 平語(-야) • -(으)ㄹ	• 互相問候	稱謂、稱呼

차례 目錄

왕웨이

나라	대만 / 타이완
나이	19세
직업	학생
	(고려대학교 한국어센터)
취미	피아노

응우옌 티 두엔

나라	베트남
나이	19세
직업	학생
	(고려대학교 한국어센터)
취미	드라마

무함마드 알 감디

나라	이집트
나이	32세
직업	요리사/학생
취미	태권도

김지아

나라	한국
나이	22세
직업	학생
	(고려대학교 경제학과)
취미	영화

미아 왓슨

나라	영국
나이	21세
직업	학생
	(고려대학교 교환 학생)
취미	노래(K-POP)

카밀라 멘데즈

나라 칠레
나이 23세
직업 학생
      (고려대학교 한국어센터)
취미 SNS

다니엘 클라인

나라 독일
나이 29세
직업 회사원/학생
취미 여행

모리야마 나쓰미

나라 일본
나이 35세
직업 학생/약사
취미 그림

서하준

나라 한국
나이 22세
직업 학생
      (고려대학교 국어국문학과)
취미 농구

정세진

나라 한국
나이 33세
직업 한국어 선생님
취미 요가

강용재

나라 한국
나이 31세
직업 회사원
취미 자전거, 스키

1

자기소개
自我介紹

🔍 생각해 봐요 請想想看　011

1 두 사람은 지금 무엇을 해요? 여자의 직업은 무엇이에요?
兩個人現在做什麼？女子的職業是什麼？

2 여러분은 한국어로 자기소개를 할 수 있어요?
大家能用韓語做自我介紹嗎？

🚲 학습 목표 學習目標

자기소개를 할 수 있다.
能做自我介紹。

● 직업, 신상
● -고 있다, -(으)ㄴ 후에, -(으)려고 하다
● 이름 말하기

배워요 請學一學

1

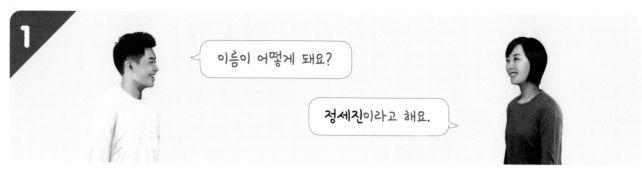

이름이 어떻게 돼요?

정세진이라고 해요.

1 여러분도 친구하고 이야기해 봐요.
大家也請跟朋友聊一聊吧。

2

무슨 일을 해요?

회사에 다녀요.

직업 職業

작가

화가

번역가

안녕하세요! Hello~

통역가

공무원

관광 가이드

기자

승무원

가: 어디 가요?
나: 학교에 가요

한국어를 가르치다
▶韓語
영어 英語
중국어 中文
일본어 日語
스페인어 西班牙語
외국어 外語

회사에 다니다

옷 가게를 하다

1) 가 무슨 일을 해요?
   나 관광 가이드예요.

2) 가 직업이 뭐예요?
   나 은행에 다녀요.

1 다음과 같이 이야기해 봐요.
請照著以下的範例說說看。

가 직업이 뭐예요?
나 학생이에요.

가 무슨 일을 해요?
나 학교에 다녀요.

①  ②  ③  ④

⑤  ⑥  ⑦  ⑧

2 여러분은 직업이 뭐예요? 친구하고 '무슨 일을 해요?' 질문하고 대답해 봐요.
大家的職業是什麼？與朋友使用「무슨 일을 해요?」進行提問與回答。

3

무슨 일을 해요?

한국어를 가르치고 있어요.

1) 가 직업이 뭐예요?
   나 여행사에 다니고 있어요.
   旅行社

2) 가 무슨 일을 해요?
   나 명동에서 카페를 하고 있어요.

3) 가 지금도 한국어를 혼자 공부해요?
   나 아니요, 지금은 한국어 학원에 다니고 있어요.
   補習班

4) 가 어제 왜 전화를 안 받았어요?
   나 미안해요. 그때 자고 있었어요.
   (전화를) 받다 接(電話)

-고 있다 ▽ 🔍
• 어떤 동작이 진행됨을 나타낸다. 表現某種動作正在進行。

1 다음과 같이 이야기해 봐요.
請照著以下的範例說說看。

> 아르바이트를 하다
>
> 가 무슨 일을 해요?
> 나 아르바이트를 하고 있어요.

① 자동차 회사에 다니다

② 동대문에서 옷 가게를 하다

③ 영어를 가르치다

④ 고려대학교에서 한국어를 배우다

2 다음과 같이 이야기해 봐요.

請照著以下的範例說說看。

①  ②

가 지금 뭐 하고 있어요?

나 저녁을 먹고 있어요.

③  ④

⑤  ⑥  ⑦  ⑧

3 여러분은 지금 무엇을 하고 있어요? 어디에서 살고 있어요? 그리고 삼 년 전에 여러분은 무엇을 하고 있었어요? 어디에서 살고 있었어요? 친구하고 이야기해 봐요.

大家現在在做什麼？在哪裡生活？還有大家三年前在做什麼？當時在哪裡生活？請跟朋友聊一聊。

지금 나는

3년 전에 나는

4  대학원에 다니고 있어요?

아니요, 3년 전에 졸업했어요.

유치원생   유치원

초등학생   초등학교

중학생   중학교

대학교 3학년

대학생   대학(교)

고등학생   고등학교

대학원생   대학원

고등학교에 입학하다   *대학교를 졸업하다*   *2급을 수료하다*   *3급에 올라가다*

유학 중이다   학교를 그만두다   *취직을 준비하다*   취직하다   퇴직하다

1) 가 회사에 다녀요?

　　나 아니요, 지난달에 회사를 그만두고 지금은 쉬고 있어요.

2) 가 몇 학년이에요?

　　나 고등학교 1학년이에요.

1 다음과 같이 이야기해 봐요.
請照著以下的範例說說看。

> 작년에 졸업했다
>
> 가 대학생이에요?
> 나 아니요, 작년에 졸업했어요.

① 대학원생이다

② 고등학교 3학년이다

③ 올해 고등학교에 입학하다

④ 회사에 다니다

⑤ 여름에 학교를 그만두었다

⑥ 지금 취업을 준비하고 있다

2 여러분은 언제 입학하고 언제 졸업했어요? 지금은 무엇을 해요? 친구하고 이야기해 봐요.
大家是何時入學、何時畢業的？現在在做什麼？請跟朋友聊一聊。

초등학교　　　　고등학교　　　　대학교　　　　취직

5

　　2급을 수료한 후에 3급에 갈 거예요?

　　아니요, 고향에 돌아갈 거예요.

1) 가 어제 저녁에 뭐 했어요?

　　나 저녁을 먹은 후에 부모님하고 영상 통화를 했어요.
　　　　　　　　　　　　　　　　　　→ 視訊通話

2) 가 수업이 끝난 후에 뭐 할 거예요?

　　나 오늘은 바로 집에 갈 거예요.
　　　　　　→ 立刻、馬上

3) 가 언제 한국 유학을 갈 거예요?

　　나 먼저 한국어를 조금 배운 후에 유학을 갈 거예요.
　　　→ 先、首先

4) 가 대학교를 졸업한 후에 뭐 할 거예요?

　　나 한국어 번역가가 되고 싶어요.

-(으)ㄴ 후에　🔍

● 앞의 일이 끝난 다음에를 나타낸다.
表現前面的事情結束之後。

| 받침이 있을 때 | -은 후에 | 먹은 후에 |
| 받침이 없거나 'ㄹ' 받침일 때 | -ㄴ 후에 | 공부한 후에 논 후에 |

---

1 다음과 같이 이야기해 봐요.
請照著以下的範例說說看。

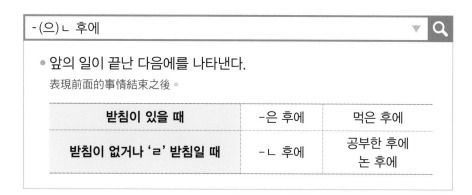

취직하다

고등학교를 졸업하다

가 언제 취직할 거예요?

나 고등학교를 졸업한 후에 취직할 거예요.

① 운동하다　저녁을 먹다　　② 공부하다　드라마를 보다

③ 음식을 만들다　청소하다　　④ 한국에 가다　대학교를 졸업하다

⑤ 아르바이트를 하다　대학에 입학하다　　⑥ 고향에 돌아가다　2급을 수료하다

2 다음 이후에 무엇을 할 거예요? 친구하고 이야기해 봐요.
接下來要做什麼？請跟朋友聊一聊。

저녁을 먹다

수업이 끝나다

3 다음과 같이 이야기해 봐요.
請照著以下的範例說說看。

가 무슨 일을 하고 싶어요?
나 저는 한국어 선생님이 되고 싶어요.

저는 승무원이 되고 싶어요.

• 지금은 아니지만 앞으로 되고 싶은 것이 있어요? 그럴 때 '이/가 되고 싶다'를 사용하세요.
雖然不是現在，大家有沒有未來希望從事的工作？這時請使用「이/가 되고 싶다」來表達。

①

②

③

④

⑤

⑥

4 여러분은 앞으로 무엇이 되고 싶어요? 친구하고 이야기해 봐요.
大家未來想要從事什麼工作？請跟朋友聊一聊。

졸업한 후에 뭐 할 거예요?

한국에서 취직 준비를 하려고 해요.

마치다 結束
1) 가 한국어 공부를 [마치고] 고향에 돌아갈 거예요?
   나 네, 고향에서 대학원에 입학하려고 해요.

2) 가 처음부터 한국에 오려고 했어요?
   나 아니요, 처음에는 미국에 가려고 했어요.

3) 가 이번 주말에 뭐 할 거예요?
   나 고향 음식이 먹고 싶어서 고향 음식을 만들려고 해요.

4) 가 지금 집은 어때요?
                                        이사하다 搬家
   나 방이 좀 작아요. 그래서 방학에 [이사하려고] 해요.

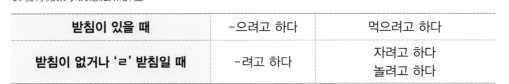

-(으)려고 하다		▼ 🔍

● 어떤 일을 할 생각이나 계획이 있음을 나타낸다.
表現有做某事的想法和計畫。

받침이 있을 때	-으려고 하다	먹으려고 하다
받침이 없거나 'ㄹ' 받침일 때	-려고 하다	자려고 하다 놀려고 하다

1 다음과 같이 이야기해 봐요.
請照著以下的範例說說看。

> 영화를 보다
>
> 가 이번 주말에 뭐 할 거예요?
> 나 영화를 보려고 해요.

① 방 청소를 하다

② 고향 친구를 만나다

③ 이 책을 읽다

④ 서울 구경을 하다

⑤ 친구하고 집에서 놀다

⑥ 겨울옷을 사다

2 여러분은 이번 주말에 무엇을 할 거예요? 그리고 방학에는 무엇을 하려고 해요? 친구하고 이야기해 봐요.
這個週末大家要做什麼？還有寒暑假時打算做什麼？請跟朋友聊一聊。

이번 주말

방학

3 여러분은 계획을 했지만 못 한 일이 있어요? 친구하고 이야기해 봐요.
大家有曾經計畫要做卻沒做成的事嗎？請跟朋友聊一聊。

한 번 더 연습해요 請再練習一次

1 다음 대화를 들어 보세요. 請聽聽以下的對話。 **012**

1) 두 사람은 무엇에 대해 이야기해요? 兩個人在聊什麼話題？

2) 슬기 씨는 무슨 일을 해요? 瑟琪做什麼工作？

2 다음 대화를 연습해 보세요. 請練習以下的對話。

 무슨 일을 해요?

지금 회사에 다녀요.
슬기 씨는 대학생이에요?

네, 지금 4학년이에요.
내년에 미국으로 유학을 가려고 해요.

3 여러분도 이야기해 보세요. 大家也請聊一聊。

1)

가
| 지금 대학생 |
| 내년에 대학원 입학 |

나
| 한국어를 공부하다 |

2)

가
| 한국어를 공부하다 |
| 앞으로 통역가 |

나
| 카페를 하다 |

3)

가
| 지금 대학원에 다니다 |
| 졸업 후 고향에 가다 |

나
| 중국어를 가르치다 |

이제 해 봐요 現在請試一試

들어요

1 다음은 두 사람이 처음 만나서 하는 대화입니다. 잘 듣고 질문에 답해 보세요.

以下是兩人初次見面時的對話。請仔細聽完後，回答問題。

1) 리나 씨는 지금 무엇을 해요? 그리고 앞으로 무엇이 되고 싶어 해요?

莉娜現在做什麼工作？還有未來想從事什麼工作？

지금

앞으로

2) 들은 내용과 같은 것을 고르세요.

請選出與所聽內容一致的選項。

① 하준 씨는 대학원생이에요.

② 리나 씨는 대학을 졸업했어요.

③ 하준 씨는 한국어 선생님이 되고 싶어 해요.

읽어요

1 다음은 페터 슈미트 씨의 자기소개입니다. 잘 읽고 질문에 답해 보세요.

以下是彼得‧史密特（Peter Schmidt）的自我介紹。請仔細閱讀後，回答問題。

안녕하세요? 저는 페터 슈미트예요. 독일 사람이에요. 지금 한국에서 자동차 회사에 다니고 있어요. 2년 전에 대학교를 졸업하고 작년에 한국에 왔어요. 한국어는 독일 대학에서 배웠어요. 지금 회사 근처에서 혼자 살고 있어요. 가족도 보고 싶고 독일 음식도 먹고 싶어서 다음 휴가에는 독일에 가려고 해요.

근처 → 附近

1) 페터 씨는 직업이 무엇이에요?

彼得的職業是什麼？

2) 페터 씨는 어디에서 한국어를 배웠어요?
彼得是在哪裡學韓語的？

3) 페터 씨는 휴가 때 무엇을 하려고 해요?
彼得休假時打算做什麼？

말해요

1 여러분은 한국어로 자기소개를 할 수 있어요? 자기소개를 해 보세요.
大家能用韓語自我介紹嗎？請試著做自我介紹。

1) 자기소개를 할 때 무엇을 말할 거예요? 메모하세요.
自我介紹時要說些什麼？請簡單記錄下來。

고등학교 졸업?   자기소개   지금 뭐 해요?

이름   나라

??

2급 수료 후?   ??   앞으로 뭐 하고 싶어요?

2) 위의 내용을 어떤 순서로 이야기할 거예요? 생각해 보세요.
要以怎樣的順序介紹以上的內容？請想想看。

3) 친구들 앞에서 자기소개를 하세요.
請在朋友面前做自我介紹。

4) 친구들에 대해 많이 알게 되었어요?
是否對朋友們更加瞭解了呢？

써요

1 여러분을 소개하는 글을 써 보세요.

請試著寫一篇介紹自己的文章。

1) 말하기에서 이야기한 내용에 더 소개하고 싶은 것이 있으면 메모하세요.

除了前面口說練習的內容，如果還有其他想介紹的東西，請簡單記錄下來。

2) 메모한 내용을 바탕으로 글을 쓰세요.

請以記錄下來的內容為基礎寫一篇文章。

발음 격음화 激音化

● 밑줄 친 부분의 발음에 주의하면서 다음을 들어 보세요.
聆聽以下的內容時，請注意畫底線部分的發音。

1)
> 가 안녕하세요. 저는 박하나예요.

2)
> 가 언제 대학에 입학했어요?
>
> 나 올해 입학했어요.

 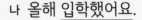「ㄱ、ㄷ、ㅂ、ㅈ」與「ㅎ」結合時會分別以「ㅋ、ㅌ、ㅍ、ㅊ」等激音來發音。

● 다음을 읽어 보세요.
請讀讀以下的內容。

> 1) 날씨도 좋고 기분도 좋다.
> 2) 떡하고 밥하고 라면을 먹었어요.
> 3) 깨끗하고 하얗게 해 주세요.
> 4) 백화점에 가려고 6호선을 탔어요.
> 5) 졸업하면 바로 취직할 거예요.
> 6) 수업 후에 뭐 할 거예요?

● 들으면서 확인해 보세요.
請一邊聽，一邊進行確認。

이번 과 공부는 어땠어요? 별점을 매겨 보세요!
這一課學習得如何？請用星星打分數。

자기 평가
自我評價

| 자기소개를 할 수 있어요? |  |

2

위치
位置

💡 생각해 봐요 請想想看　　021

1 카밀라 씨는 어디에 가려고 해요?
卡米拉打算去哪裡？

2 여러분이 공부하는 곳에는 무엇이 있어요? 어디에 있어요?
大家學習的地方有什麼東西？它們在哪裡？

학습 목표 學習目標

시설의 위치를 묻고 답할 수 있다.
能針對設施的位置進行提問與回答。

- 위치, 시설, 이동
- 에 있다, -아서/어서/여서, -(으)면 되다

배워요 請學一學

● 다음 그림을 보고 알맞은 단어를 쓰세요.
請看以下的圖片後，寫出對應的單字。

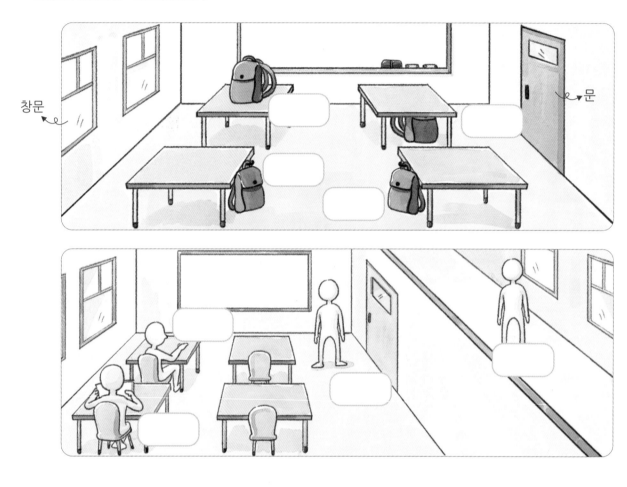

위   아래   앞   뒤   옆   오른쪽   왼쪽   안   밖

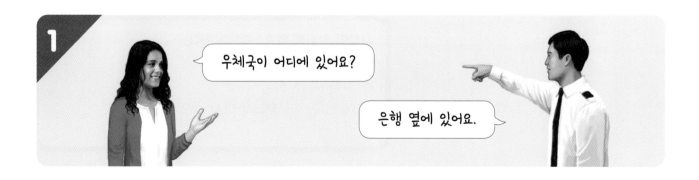

1) 가 사무실이 어디에 있어요?

   나 2층에 있어요.
      └→ 樓

2) 가 지아 씨는 지금 도서관에 있어요?

   나 아니요, 도서관에 없어요. 집에 갔어요.

3) 가 한국어 책이 어디에 있어요?

   나 가방 안에 있어요.

에 있다 🔍

• 사람이나 물건이 어디에 위치하는지를 나타낸다.
  表現人或事物所在的位置。

1 다음과 같이 이야기해 봐요.
請照著以下的範例說說看。

오른쪽

가 화장실이 어디에 있어요?

나 오른쪽에 있어요.

① 저 교실

② 9층

③ 교실 안

④ 왼쪽

2 어디에 있어요? 친구하고 이야기해 봐요.
在哪裡？請跟朋友聊一聊。

한국어 책   컴퓨터   선생님   ○○ 씨

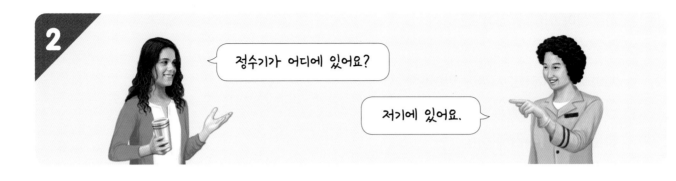

시설 設施

정수기

자동판매기(자판기)

현금인출기(ATM)

엘리베이터

에스컬레이터

계단

정문

주차장

1) 가 자판기가 어디에 있어요?
   나 엘리베이터 옆에 있어요.

2) 가 주차장이 어디예요?
   나 지하 1층에 있어요.
         地下

3) 가 어디에서 만날래요?
   나 정문 앞에서 만나요.

- '-(으)ㄹ래요?'는 어떤 일을 같이 하자고 제안할 때도 사용해요.
  「-(으)래요?」也可以用來表現提議一起做某事。

  가 우리 같이 영화 볼래요?
  나 네, 좋아요.

1 다음과 같이 이야기해 봐요.
　　請照著以下的範例說說看。

가 현금인출기가 어디에 있어요?
나 1층에 있어요.

1층

① 2층

② 사무실 옆

③ 지하 3층

④ 오른쪽

2 다음과 같이 이야기해 봐요.
請照著以下範例說說看。

①

②

③

가 지금 어디에 있어요?

나 정문 앞에 있어요.

④

⑤

⑥

3 우리 학교에 어떤 시설이 있어요? 어디에 있어요? 친구하고 이야기해 봐요.
在我們學校有哪些設施？在哪裡？請跟朋友聊一聊。

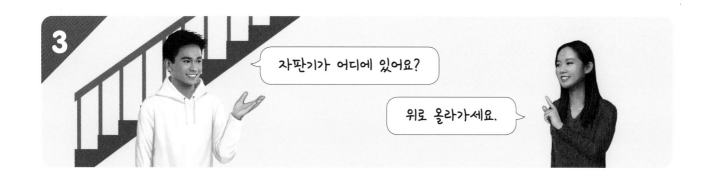

- 이동의 방향을 나타낼 때는 '(으)로'를 사용해요.
  表現移動的方向時使用「(으)로」。

1) 가 [남자] 화장실이 어디에 있어요?
　　　→男性 ; 男人 / 여자 女性 ; 女人
　　나 1층에 있어요. 아래로 내려가세요.

2) 가 수업이 시작돼요. 교실로 들어가세요.
　　나 네, 알겠어요.

1 다음과 같이 이야기해 봐요. 請照著以下的範例說說看。

가 현금인출기가 어디에 있어요?
나 3층으로 올라가세요.

3층

①

위

②

아래

③

오른쪽

④

저쪽

⑤

똑바로

⑥

밖

2 여러분이 자주 가는 곳이나 학교에는 다음 시설이 어디에 있어요? 어떻게 가요? 친구하고 이야기해 봐요.
在大家常去的地方或學校以下的設施在哪裡？如何前往？請跟朋友聊一聊。

정수기　　　자판기　　　사무실　　　화장실　　　주차장

4

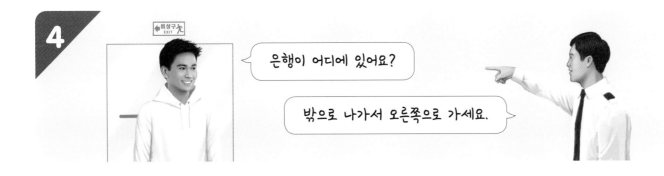

은행이 어디에 있어요?

밖으로 나가서 오른쪽으로 가세요.

1) 가 정수기가 어디에 있어요?
   나 2층으로 올라가서 왼쪽으로 가세요.

2) 가 자판기가 어디에 있어요?
   나 아래로 내려가서 오른쪽으로 가세요.

1 다음과 같이 이야기해 봐요.
請照著以下的範例說說看。

가 정수기가 어디에 있어요?
나 안으로 들어가서 왼쪽으로 가세요.

①

②

③

④

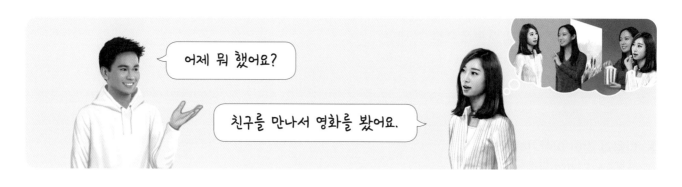

어제 뭐 했어요?

친구를 만나서 영화를 봤어요.

1) 가 어디에서 책을 사요?

　　나 저도 잘 몰라요. 사무실에 가서 물어보세요.

　　　　　　　　　　　　　　물어보다 問 ; 詢問

2) 가 아침은 집에서 먹어요?

　　나 아니요, 보통 밖에서 사서 먹어요.

3) 가 우리 여기에 앉아서 잠깐 쉴래요?

　　나 네, 좋아요. 저도 조금 힘들었어요.

앉다 坐
서다 站
눕다 躺

-아서/어서/여서 ▾ 🔍

- 동작이 밀접한 관계를 가지고 순차적으로 일어남을 나타낸다.
  表現動作之間有密切的關聯並且依序發生。

- '에 가서', '을/를 만나서', '을/를 사서', '을/를 만들어서', '에 앉아서/서서/누워서'와
  같은 형태로 자주 사용한다.
  常以「에 가서」、「을/를 만나서」、「을/를 사서」、「을/를 만들어서」、「에 앉아서/서
  서/누워서」等形式使用。

2 다음과 같이 이야기해 봐요.
請照著以下的範例說說看。

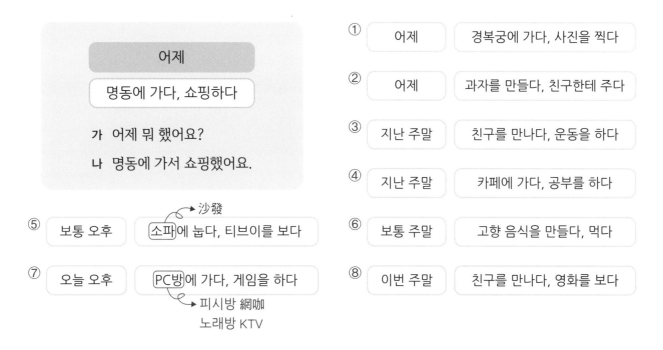

어제

명동에 가다, 쇼핑하다

가 어제 뭐 했어요?
나 명동에 가서 쇼핑했어요.

① 어제 │ 경복궁에 가다, 사진을 찍다
② 어제 │ 과자를 만들다, 친구한테 주다
③ 지난 주말 │ 친구를 만나다, 운동을 하다
④ 지난 주말 │ 카페에 가다, 공부를 하다
⑤ 보통 오후 │ 소파에 눕다, 티브이를 보다 → 沙發
⑥ 보통 주말 │ 고향 음식을 만들다, 먹다
⑦ 오늘 오후 │ PC방에 가다, 게임을 하다 → 피시방 網咖 / 노래방 KTV
⑧ 이번 주말 │ 친구를 만나다, 영화를 보다

3 여러분은 이번 주에 무엇을 했어요? 다음 주에 무엇을 할 거예요? 친구하고 이야기해 봐요.
大家這週做了什麼？下週要做什麼？請跟朋友聊一聊。

5

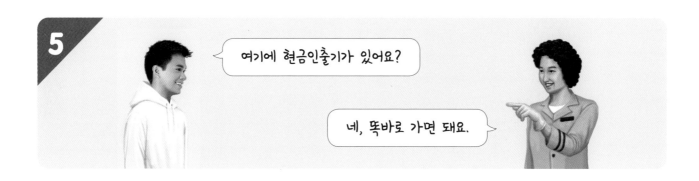

여기에 현금인출기가 있어요?

네, 똑바로 가면 돼요.

1) 가 편의점이 어디에 있어요?
    나 밖으로 나가서 왼쪽으로 가면 돼요.

2) 가 근처에 은행이 있어요?
    나 네, 저기에서 오른쪽으로 돌아가면 돼요.

1 다음과 같이 이야기해 봐요. 請照著以下範例的說說看。

가 근처에 은행이 있어요?
나 네, 왼쪽으로 가면 돼요.

왼쪽, 가다

①

똑바로, 가다

②

저쪽, 가다

③

3층, 올라가다

④

지하 1층, 내려가다

⑤

밖, 나가다, 왼쪽, 가다

⑥

오른쪽, 가다

내일 몇 시에 시작해요?

10시까지 오면 돼요.

1) 가 어디에서 버스를 타요?
　 나 저 앞에서 타면 돼요.

버스를 타다 搭公車
택시 計程車
지하철 地鐵 / 捷運

2) 가 오늘 일이 많아요?

나 아니요, 이것만 하면 돼요.

3) 가 저녁 준비는 다 끝났어요? (都)

나 불고기만 만들면 돼요.

- '만'은 앞에 있는 명사에 한정됨을 나타내요.
  「만」表示僅限於前面的名詞。
  친구들은 모두 몽골 사람이에요. 나만 한국 사람이에요.

- (으)면 되다 ▼ 🔍

- 어떤 결과를 충족하는 수준임을 나타낸다.
  表現達到能滿足某種結果的水準。

2 다음과 같이 이야기해 봐요.
請照著以下的範例說說看。

기다리다

여기

가 어디에서 기다려요?

나 여기에서 기다리면 돼요.

① 점심을 먹다   여기

② 지우개를 사다   편의점

3 어떻게 하면 돼요? 다음에 대해 친구하고 이야기해 봐요.
要怎麼做才好？請針對以下內容跟朋友聊一聊。

햄버거를 먹고 싶다

겨울옷을 사고 싶다

한국어가 어렵다

한 번 더 연습해요 請再練習一次

1 다음 대화를 들어 보세요. 請聽聽以下的對話。

1) 여자는 무엇을 찾아요?
   女子在找什麼東西？

2) 그것이 어디에 있어요?
   那個東西在哪裡？

2 다음 대화를 연습해 보세요. 請練習以下對話。

 정수기가 어디에 있어요?

사무실 옆에 있어요.

 사무실은 어디에 있어요?

2층으로 올라가서 오른쪽으로 가면 돼요.

3 여러분도 이야기해 보세요. 大家也請聊一聊。

1)	가	자동판매기	나	화장실 옆

2)	가	주차장	나	지하 2층 ↓

3)	가	사무실	나	3층 ↑, 오른쪽

4)	가	현금인출기 / 은행	나	은행 옆 / 1층 ↓, 왼쪽

이제 해 봐요 現在請試一試

1 다음은 위치에 대한 대화입니다. 잘 듣고 질문에 답해 보세요. (023)
以下是關於位置的對話。請仔細聽完後，回答問題。

1) 여자는 무엇을 찾아요? 쓰세요.
女子在找什麼東西？請寫下來。

2) 들은 내용과 같으면 ◯, 다르면 ✕에 표시하세요.
與聽到的內容一致時請標示 ◯，不同請標示 ✕。

① 남자는 은행의 위치를 몰라요. ◯ ✕

② 여자는 밖으로 나가서 오른쪽으로 갈 거예요. ◯ ✕

1 다음은 도서관을 소개하는 글입니다. 잘 읽고 질문에 답해 보세요.
以下是介紹圖書館的文章。請仔細閱讀後，回答問題。

저는 학교 도서관에 자주 가요. 도서관은 학교 정문으로 들어가서 오른쪽으로 가면 돼요. 1층하고 2층에는 책이 정말 많아요. 그리고 3층에는 컴퓨터가 있어서 영화도 봐요. 저는 보통 2층으로 올라가서 공부를 해요. 지하 1층에는 자동판매기하고 정수기가 있고 의자도 있어요. 저는 거기에서 친구하고 이야기도 하고 쉬어요.

1) 도서관은 어디에 있어요? 쓰세요.
圖書館在哪裡？請寫下來。

2) 읽은 내용과 같으면 ◯, 다르면 ✕에 표시하세요.
與閱讀的內容一致時請標示 ◯，不同請標示 ✕。

① 이 사람은 보통 삼 층에서 공부를 해요. ◯ ✕

② 이 사람은 지하 일 층에 내려가서 쉬어요. ◯ ✕

1 여러분은 어디에 자주 가요? 그곳에 대해 글을 써 보세요.

大家經常去哪裡？請寫一篇關於那個地方的文章。

1) 다음에 대해 메모하세요.

請簡單紀錄以下的內容。

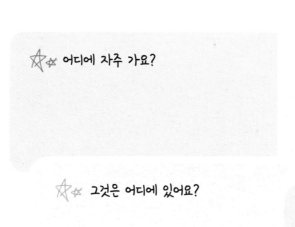

☆ 어디에 자주 가요?

☆ 그곳에는 무엇이 있어요?

☆ 그것은 어디에 있어요?

☆ 거기에서 무엇을 해요?

2) 메모한 내용을 바탕으로 글을 쓰세요.

請以紀錄的內容為基礎寫一篇文章。

_____

_____

_____

_____

_____

1 여러분은 다음 건물의 2층에 있어요. 건물 안내도를 보고 위치를 묻고 답해 보세요.
大家正位於以下建築物的2樓，請參考建築物示意圖針對位置進行提問和回答。

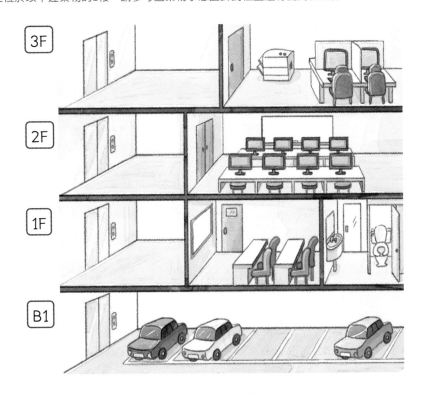

A 1) 다음 시설이 어디에 있어요? 위치를 표시하세요.
以下設施在哪裡？請標示出位置。

현금인출기   정수기

2) 친구한테 다음 시설의 위치를 이야기하세요.
請向朋友描述以下設施的位置。

현금인출기   정수기

3) 잘 이야기했는지 확인하세요.
請確認描述的內容是否正確。

4) 친구한테 다음 시설의 위치를 물으세요.
請向朋友詢問以下設施的位置。

자동판매기   교실

5) 잘 들었는지 확인하세요.
請確認聽到的內容是否正確。

1 여러분은 다음 건물의 2층에 있어요. 건물 안내도를 보고 위치를 묻고 답해 보세요.

大家正位於以下建築物的2樓，請參考建築物示意圖針對位置進行提問和回答。

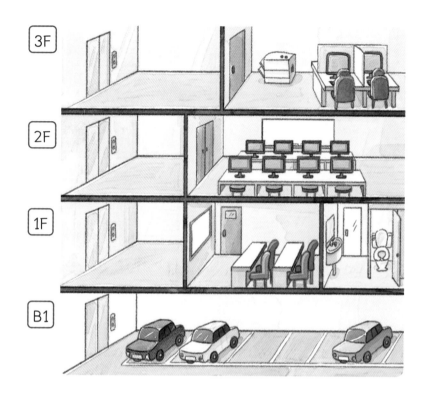

B 1) 다음 시설이 어디에 있어요? 위치를 표시하세요.

以下設施在哪裡？請標示出位置。

| 자동판매기 | 교실 |

2) 친구한테 다음 시설의 위치를 물으세요.

請向朋友詢問以下設施的位置。

| 현금인출기 | 정수기 |

3) 잘 들었는지 확인하세요.

請確認聽到的內容是否正確。

4) 친구한테 다음 시설의 위치를 이야기하세요.

請向朋友描述以下設施的位置。

| 자동판매기 | 교실 |

5) 잘 이야기했는지 확인하세요.

請確認描述的內容是否正確。

문화 지하철을 타 봅시다! 請試著搭乘韓國地鐵吧！

● 서울에서 모르는 곳을 갈 때에는 지하철을 이용하면 아주 편리해요.
在首爾，前往不熟悉的地方時，搭乘地鐵非常方便。

這是高麗大學韓國語中心的照片，大家知道怎麼去嗎？

(1) 搭乘「地鐵6號線」
(2) 在高麗大學站下車，然後前往11號出口。
(3) 向右走，再向右一直走。如果不確定怎麼走，那就問問路過的人。

● 한국에 오면 고려대학교를 방문해 보세요.
如果來韓國的話，請到高麗大學走走吧。

自我評價
자기 평가

이번 과 공부는 어땠어요? 별점을 매겨 보세요!
這一課學習得如何？請用星星打分數。

시설의 위치를 묻고 답할 수 있어요?

3

여가 생활

休閒生活

생각해 보요 請想想看 031

1. 여자는 휴일에 보통 무엇을 해요?
   女子休假時通常會做什麼？
2. 여러분은 수업이 끝나고 무엇을 해요?
   大家下課後會做什麼？

학습 목표 學習目標

여가 생활에 대해 이야기할 수 있다.
能針對休閒生活進行對話。

- 여가 활동, 빈도
- -(으)러 가다, -(으)ㄹ 때, -는 것

배워요 請學一學

> 어디에 가요?
>
> 게임하러 PC방에 가요.

1) 가 어디에 가요?

　나 커피 마시러 카페에 가요. 같이 갈래요? ←一起

2) 가 요즘 퇴근 후에 어디 다녀요? ←最近

　나 네, 수영 배우러 수영장에 다녀요.

3) 가 한국에 왜 왔어요?

　나 한국어를 배우러 왔어요.

1 다음과 같이 이야기해 봐요.
請照著以下的範例說說看。

① 옷을 사다　　② 밥을 먹다

③ 공부하다　　④ 사진을 찍다

⑤ 영어를 배우다　　⑥ 놀다

⑦ 음악을 듣다　　⑧ 선생님한테 물어보다

> **친구를 만나다**
>
> 가 뭐 하러 가요?
>
> 나 친구를 만나러 가요.

-(으)러 가다 ▼ 🔍

- 앞의 행동을 하기 위해 이동함을 나타낸다.
  表現為了進行前面的行動而移動。

- '-(으)러 가다/오다/다니다'의 형태로 주로 사용한다.
  常以「-(으)러 가다/오다/다니다」的形態使用。

2 다음과 같이 이야기해 봐요.
請照著以下的範例說說看。

가 여기에 뭐 하러 왔어요?

나 저녁을 먹으러 왔어요.

①

②

③

④

⑤

⑥

3 여러분은 수업 후에 어디에 자주 가요? 거기에 무엇을 하러 가요? 친구하고 이야기해 봐요.
大家下課後常去哪裡？去那裡做什麼？請跟朋友聊一聊。

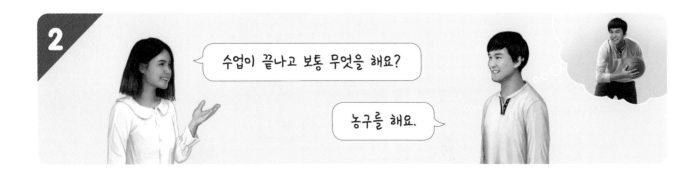

2

수업이 끝나고 보통 무엇을 해요?

농구를 해요.

드라마를 보다

스마트폰을 하다

운동 경기를 보다

게임을 하다

요가를 하다

자전거를 타다

산책을 하다

농구를 하다

배드민턴을 치다

피아노를 치다　기타를 치다　악기를 배우다

춤을 추다　춤을 연습하다　노래를 부르다

헬스장에 가다

1 다음과 같이 이야기해 봐요.
請照著以下的範例說說看。

가　주말에 보통 뭐 해요?
나　자전거를 타요.

① 　②

③ 　④ 　⑤ 　⑥

2 여러분은 수업이 끝난 후에 보통 무엇을 해요? 주말에 보통 무엇을 해요? 친구하고 이야기해 봐요.
大家下課後通常會做什麼？週末通常會做什麼？請跟朋友聊一聊。

3

시간이 있을 때 뭐 해요?

기타를 쳐요.

1) 가 혼자 있을 때 뭐 해요?

　　나 저는 게임을 해요.

2) 가 한국 드라마를 좋아해요?

　　나 네. 그런데 요즘은 바빠서 밥 먹을 때만 봐요.
　　　　　　└→但是

3) 가 와! 다니엘 씨 한국 요리도 할 수 있어요?

　　나 네, 한국 친구하고 같이 살 때 배웠어요.
　　　　　↗어리다 年幼的

4) 가 어렸을 때부터 여기에서 살았어요?

　　나 네, 여기에 처음 왔을 때 열 살이었어요.

-(으)ㄹ 때　　　　　　　　　　　　　　　　　　　　▽ 🔍
• 어떤 동작이나 상태가 진행되는 순간이나 진행되는 동안을 나타낸다. 表現某種動作、狀態進行的瞬間或持續的期間。

1 다음과 같이 이야기해 봐요.
請照著以下的範例說說看。

음악을 듣다	가 언제 음악을 들어요?
청소하다	나 청소할 때 들어요.

① 산책을 하다　날씨가 좋다　　② 택시를 타다　바쁘다

③ 부모님이 보고 싶다　아프다　　④ 커피를 마시다　피곤하다

⑤ 친구한테 전화하다　놀고 싶다　　⑥ 청소하다　휴일에 시간이 많다

2 다음과 같이 이야기해 봐요.
請照著以下的範例說說看。

친구하고 놀다	가 친구하고 놀 때 어느 나라 말로 이야기해요?
한국어로	나 친구하고 놀 때 한국어로 이야기해요.
친구하고 놀다	가 친구하고 놀 때 어느 나라 말로 이야기해요?
우리 나라 말로	나 친구하고 놀 때 우리 나라 말로 이야기해요.

① 쇼핑하다

혼자

친구하고

② 빵을 먹다

우유

커피

③ 학교에 오다

버스

지하철

④ 공부하다

사전 ➤ 詞典

사전~~

⑤ 영화를 보다

팝콘 ➤ 爆米花

팝콘~~

⑥ 밥을 먹다

스마트폰

스마트폰~~

3 여러분은 어때요? 위의 내용으로 친구하고 이야기해 봐요.
大家怎麼樣呢？請根據以上的內容跟朋友聊一聊。

4

사진 찍는 것을 좋아해요?

네, 사진 찍는 것을 좋아해요.

1) 가 다니엘 씨는 취미가 뭐예요?

　　나 제 취미는 자전거를 타는 것이에요.

2) 가 카밀라 씨는 노래 부르는 것을 좋아해요?

　　나 별로 안 좋아해요. 듣는 것은 좋아해요.
　　　　└─→ 不怎麼、不太

3) 가 김치를 만드는 것이 어려워요?

　　나 아니요, 생각보다 쉬워요.
　　　　　　　└─→ 比想像的更

-는 것 ▼ 🔍

- 동사 어간에 붙어 동사를 명사처럼 사용할 수 있게 한다.
  加在動詞詞幹之後，讓動詞可以像名詞一樣使用。

---

1 다음과 같이 이야기해 봐요.
請照著以下的範例說說看。

> 책을 읽다
>
> 가 뭐 하는 것을 좋아해요?
> 나 저는 책 읽는 것을 좋아해요.

① 게임을 하다
② 자전거를 타다
③ 노래를 부르다
④ 피아노를 치다
⑤ 드라마를 보다
⑥ 음식을 만들다
⑦ 음악을 듣다
⑧

2 여러분은 어때요? 연결하고 친구하고 이야기해 봐요.
大家怎麼樣呢？請連線後跟朋友聊一聊。

가 한국어를 배우는 것이 어때요?
나 한국어를 배우는 것이 어려워요.

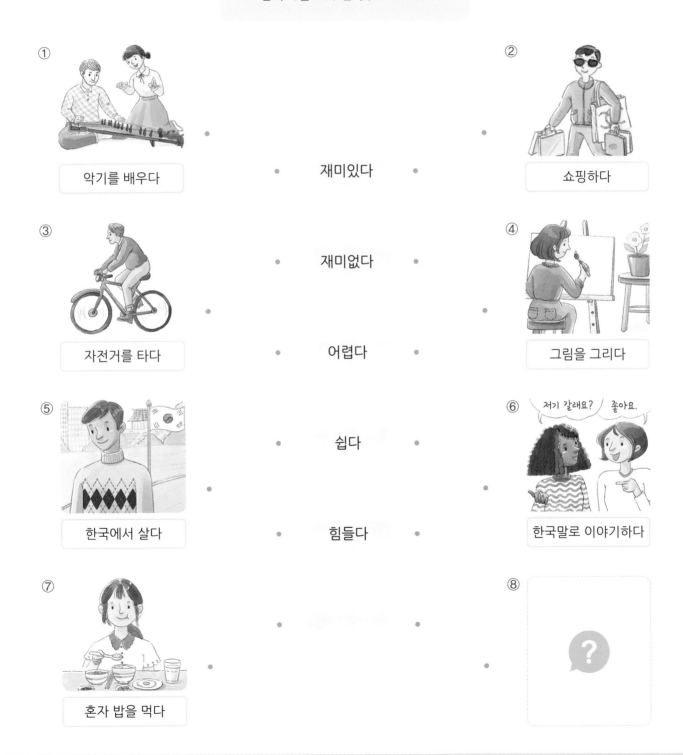

① 악기를 배우다

② 쇼핑하다

재미있다

③ 자전거를 타다

재미없다

④ 그림을 그리다

어렵다

⑤ 한국에서 살다

쉽다

⑥ 저기 갈래요? 좋아요.
한국말로 이야기하다

힘들다

⑦ 혼자 밥을 먹다

⑧ ?

3 다음과 같이 이야기해 봐요.
請照著以下的範例說說看。

> **영화를 보다**
>
> 가 취미가 뭐예요?
> 나 제 취미는 영화를 보는 거예요.

① 요가를 하다   ② 농구를 하다

③ 배드민턴을 치다   ④ 피아노를 치다

⑤ 노래방에 가다   ⑥ 산책을 하다

⑦ 그림을 그리다   ⑧ [   ]

5

농구를 자주 해요?

네, 자주 해요.

빈도 頻率 ▽ 🔍

		월	화	수	목	금	토	일
🏀	자주	1 🏀	2	3 🏀	4	5 🏀	6	7 🏀
🎸	가끔	8	9 🏀	10	11 🏀	12	13 🎸	14 🏀
🚲	거의 안	15	16 🏀	17	18 🎸	19	20	21 🚲
📕	전혀 안	22	23	24 🏀	25 🏀	26	27	28 🏀
		29 🎸	30	31				

1 다음과 같이 이야기해 봐요.

請照著以下的範例說說看。

> 책을 읽다
>
> 전혀
>
> 가 책을 자주 읽어요?
> 나 아니요, 전혀 안 읽어요.

① 수영을 하다 　 가끔

② 음식을 만들다 　 전혀

③ 쇼핑하다 　 가끔

④ 운동하다 　 거의

⑤ 라면을 먹다 　 자주

⑥ 커피를 마시다 　 전혀

⑦ 박물관에 가다 　 거의

⑧ 빨래하다 　 자주

2 여러분은 다음을 자주 해요? 자주 안 해요? 친구하고 이야기해 봐요.

大家常做還是不常做以下的事情呢？請跟朋友聊一聊。

한 번 더 연습해요 請再練習一次

1 다음 대화를 들어 보세요. (032)
請聽聽以下的對話。

1) 무함마드 씨는 시간이 있을 때 무엇을 해요?
穆罕默德有空時會做什麼？

2) 두 사람은 무엇에 대해 이야기해요?
兩個人在聊什麼話題？

2 다음 대화를 연습해 보세요.
請練習以下的對話。

 무함마드 씨는 시간이 있을 때 보통 뭐 해요?

 저는 친구들하고 노래방에 자주 가요.

 노래하는 것을 좋아해요?

 네, 좋아해요.
나쓰미 씨는 수업이 끝난 후에 보통 뭐 해요?

 저는 집에 있는 것을 좋아해요.
그래서 집에서 책도 읽고 드라마도 봐요.

3 여러분도 이야기해 보세요.
大家也請聊一聊。

1)

가

악기를 연주하다

피아노를 치다,
기타를 치다

나   영화관에 가다

2)

가

집에 있다

요가를 하다,
스마트폰을 하다

나   수영장에 가다

3)

가

운동을 하다

배드민턴을 치다,
농구를 하다

나   PC방에 가다

이제 해 봐요 現在請試一試

 1 다음은 여가 생활에 대한 대화입니다. 잘 듣고 질문에 답해 보세요.

以下是關於休閒生活的對話。請仔細聽完後，回答問題。

1) 남자는 시간이 있을 때 무엇을 해요? 고르세요.

男子有空時會做什麼？請選出來。

2) 들은 내용과 같으면 ○, 다르면 ✕에 표시하세요.

與聽到的內容一致時請標示 ○，不同請標示 ✕。

① 여자는 요리를 자주 해요.   ○   ✕

② 여자는 남자의 요리를 전에 먹었어요.   ○   ✕

 1 다음은 취미를 소개하는 글입니다. 잘 읽고 질문에 답해 보세요.

以下是介紹興趣的文章。請仔細閱讀後，回答問題。

제 취미는 피아노를 치는 거예요. 저는 다섯 살 때 피아노를 처음 배웠어요. 그때부터 저는 피아노 치는 것이 좋았어요. 고향에 있을 때는 자주 피아노를 쳤어요. 지금은 피아노가 없어서 못 쳐요.

지난 주말에는 피아노 콘서트에 갔어요. 피아노 소리를 들어서 너무 좋았어요. 앞으로도 자주 콘서트에 가려고 해요.
→ 聲音

1) 이 사람의 취미는 무엇이에요?

這個人的興趣是什麼？

2) 읽은 내용과 같으면 ◯, 다르면 ✕에 표시하세요.
與閱讀的內容一致時請標示 ◯，不同請標示 ✕。

① 지금 이 사람의 집에는 피아노가 없어요.　　◯　✕

② 이 사람은 지난 주말에 콘서트에서 피아노를 쳤어요.　　◯　✕

말해요

1 취미에 대해 친구들하고 이야기해 보세요.
請針對興趣跟朋友聊一聊。

1) 여러분의 취미는 뭐예요? 메모하세요.
大家的興趣是什麼？請簡單記錄下來。

2) 친구의 취미에 대해 물어볼 거예요. 무엇을 질문할 거예요? 생각해 보세요.
接下來要詢問朋友的興趣。想要問什麼呢？請想想看。

3) 친구하고 취미에 대해 이야기하세요.
請跟朋友聊一聊興趣。

1 여러분의 취미를 소개하는 글을 써 보세요.
請寫一篇介紹自己興趣的文章。

1) 다음에 대해 메모하세요.
請簡單記錄以下的內容。

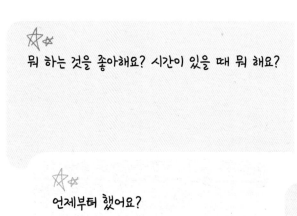
뭐 하는 것을 좋아해요? 시간이 있을 때 뭐 해요?

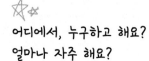
어디에서, 누구하고 해요?
얼마나 자주 해요?

언제부터 했어요?

2) 메모한 내용을 바탕으로 글을 쓰세요.
請以記錄下來的內容為基礎寫一篇文章。

문화 한국인의 여가 시간 韓國人的休閒時間

● 여러분은 여가 시간을 어떻게 보내요? 한국인은 어떻게 보낼까요?
  大家是如何度過休閒時間的呢？韓國人又是如何度過的呢？

休閒時間是指在基本生活時間裡除去工作、學習、睡眠和用餐時間等日常生活時間以外的時間。

最受韓國人歡迎的休閒活動是看電視，其次依序為上網或網路社交活動、玩遊戲和散步。根據統計，獨自進行休閒活動的比例為59.8%，並呈現逐漸上升的趨勢，而與家人一起進行休閒活動的比例則下降至29.7%。

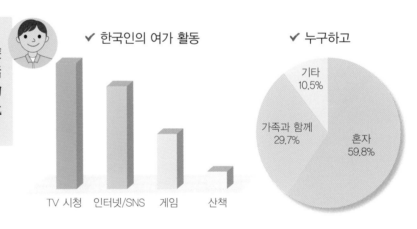

✔ 한국인의 여가 활동

TV 시청 인터넷/SNS 게임 산책

✔ 누구하고

기타 10.5%
가족과 함께 29.7%
혼자 59.8%

● 여러분은 여가 시간에 보통 무엇을 해요? 한국인하고 비슷해요?
  大家在休閒時間通常會做什麼？跟韓國人相似嗎？

자기 평가
自我評價

이번 과 공부는 어땠어요? 별점을 매겨 보세요!
這一課學習得如何？請用星星打分數。

여가 생활에 대해 이야기를 할 수 있어요?

4

건강

健康

🔆 생각해 봐요 請想想看 **041**

1 나쓰미 씨는 지금 어때요?
夏美現在如何?

2 여러분은 요즘 건강이 어때요?
大家最近的健康狀況如何?

🚲 학습 목표 學習目標

건강 상태에 대해 묻고 답할 수 있다.
能針對健康狀況進行提問與回答。

● 몸, 건강
● -(으)면, -아도/어도/여도 되다, -(으)면 안 되다

1 몸 身體

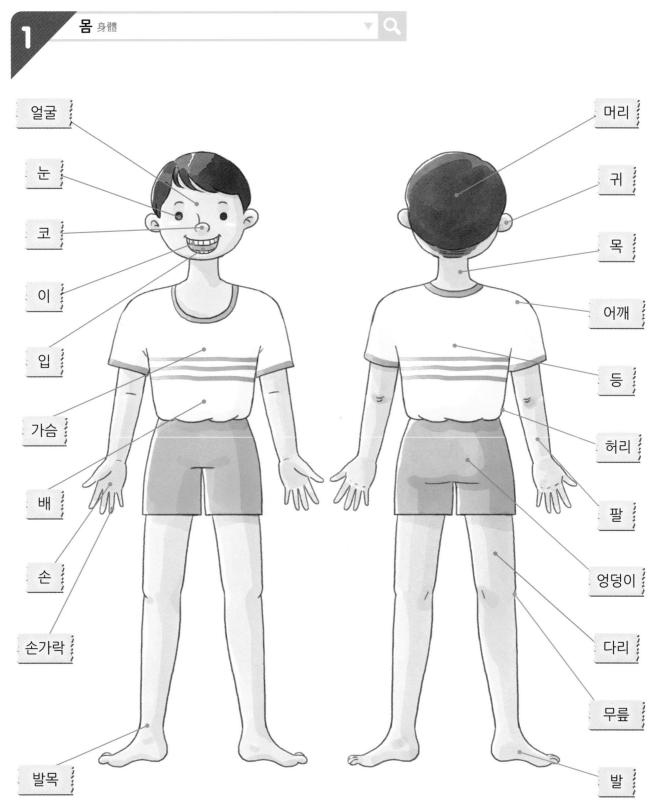

얼굴

눈

코

이

입

가슴

배

손

손가락

발목

머리

귀

목

어깨

등

허리

팔

엉덩이

다리

무릎

발

1 다음과 같이 이야기해 봐요.

請照著以下的範例說說看。

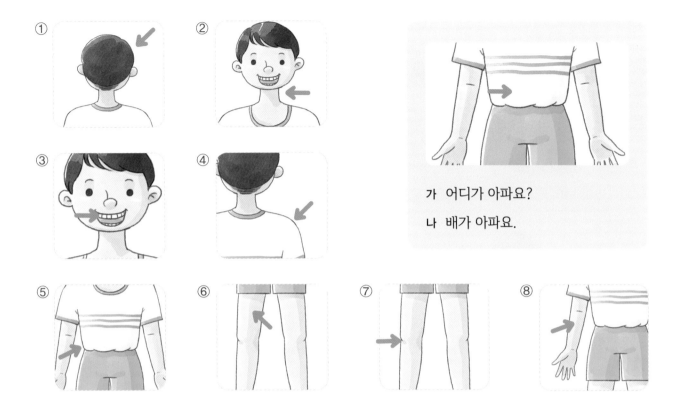

가 어디가 아파요?

나 배가 아파요.

2 여러분은 어디가 자주 아파요? 친구하고 이야기해 봐요.

大家常覺得哪裡不舒服？請跟朋友聊一聊。

열이 나다

기침을 하다

콧물이 나다

감기에 걸리다

배탈이 나다

다리를 다치다

머리가 아프다

알레르기가 심하다

생리통이 심하다

얼굴에 뭐가 나다

잠을 못 자다

- '감기에 걸리다', '배탈이 나다', '다치다'는 보통 '감기에 걸렸어요', '배탈이 났어요', '다쳤어요'로 말해요.
  「감기에 걸리다」、「배탈이 나다」、「다치다」通常會說成「감기에 걸렸어요」、「배탈이 났어요」、「다쳤어요」。

몸이 안 좋다   피곤하다   괜찮다   건강하다 / 좋다   낫다

1) 가 어디가 안 좋아요?
   나 요즘 잠을 잘 못 자요.
        └→好地；很好地

2) 가 감기에 걸렸어요?
   나 네, 어제부터 열도 나고 기침도 해요.

3) 가 지금도 아파요?
   나 지금은 괜찮아요. 다 나았어요.

1 다음과 같이 이야기해 봐요.
請照著以下的範例說說看。

①    ②

가 어디가 안 좋아요?
나 기침을 해요.

③    ④

⑤    ⑥    ⑦    ⑧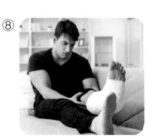

2 여러분은 요즘 건강이 어때요? 어디가 안 좋아요? 친구하고 이야기해 봐요.
大家最近的健康狀況如何？哪裡不舒服？請跟朋友聊一聊。

3

많이 아프면 집에 가세요.

1) 가 머리가 계속 아파요.
   나 그래요? 몸이 안 좋으면 오늘은 먼저 가세요.

2) 가 많이 매우면 이 우유를 드세요.
   나 네, 고마워요. 너무 매웠어요.

3) 가 커피 더 마실래요?
   →再；更
   나 아니요, 저는 커피를 많이 마시면 잠을 잘 못 자요.

4) 가 내일 자전거 타러 갈 거예요?
   나 내일도 날씨가 안 좋으면 안 갈래요.

- (으)면 ▼	🔍
• 뒤의 내용에 대한 조건이나 가정을 나타낸다. 表現針對後面內容的條件或假設。	

1 다음과 같이 이야기해 봐요.
請照著以下的範例說說看。

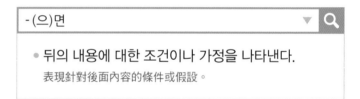

많이 피곤하다, 집에 가서 쉬다   가 많이 피곤하면 집에 가서 쉬세요.

① 많이 아프다, 이 약을 먹다 →藥

② 목이 아프다, 물을 마시다

③ 몸이 안 좋다, 안에서 기다리다

④ 힘들다, 여기에 앉아서 쉬다

⑤ 배탈이 났다, 이걸 먹다

⑥ 감기에 걸렸다, 먼저 가다

⑦ 그 책이 어렵다, 이 책을 보다

⑧ 같이 가고 싶다, 내일 학교로 오다

2 여러분은 언제 이렇게 돼요? 다음과 같이 이야기해 봐요.
大家什麼時候會變成這樣？請照著以下的範例說說看。

✔ 밥을 많이 먹다

밥을 안 먹다

운동을 많이 하다

考試
시험이 있다

공부를 하다

음식이 너무 맵다

스마트폰을 계속 보다

커피를 많이 마시다

⋮

?

밥을 많이 먹으면 배가 아파요.

3 여러분은 다음과 같은 상황이 되면 무엇을 하고 싶어요? 친구하고 이야기해 봐요.
如果身處以下的狀況，大家想做什麼？請跟朋友聊一聊。

| 돈이 많다 | 한국어 공부가 끝나다 | 가수가 되다 |

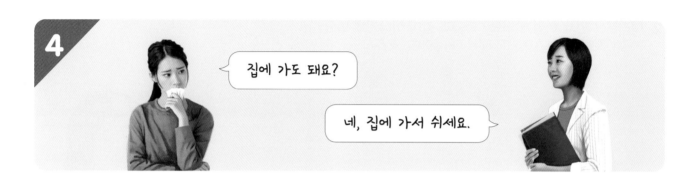

집에 가도 돼요?

네, 집에 가서 쉬세요.

1) 가 지금 화장실에 가도 돼요?

   나 네, 가도 돼요.

2) 가 많이 피곤하면 저기에서 쉬어도 돼요.

   나 아니요, 괜찮아요. 별로 안 피곤해요.

3) 가 배고프면 먼저 먹어도 돼요.   배고프다 餓

   나 아니에요. 웨이 씨가 오면 같이 먹을래요.

4) 가 이 지우개 좀 써도 돼요?

   나 네, 쓰세요.   쓰다 用

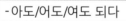

-아도/어도/여도 되다 ▼ 🔍

• 행동의 허락이나 허용을 나타낸다.
表現對某行動的允許或容忍。

1 다음과 같이 이야기해 봐요.
請照著以下的範例說說看。

① 좀 쉬다

② 이 물을 마시다

③ 사진을 찍다

④ 먼저 가다

⑤ 지금 들어가다

⑥ 이 컴퓨터를 쓰다

⑦ 여기에서 먹다

⑧ 여기 좀 구경하다

여기에 앉다

가 여기에 앉아도 돼요?

나 네, 앉으세요.

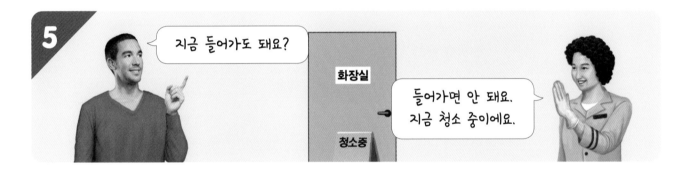

5

지금 들어가도 돼요?

화장실

청소중

들어가면 안 돼요.
지금 청소 중이에요.

1) 가 그렇게 [술]을 많이 마시면 안 돼요. → 酒

   나 네, 알겠어요.

2) 가 여기에서 음식을 먹어도 돼요?

   나 여기에서 먹으면 안 돼요. 저쪽에서 드세요.

3) 가 여기에서 사진을 찍을 수 있어요?

   나 여기에서는 찍으면 안 돼요.

- (으)면 안 되다

• 행동을 금지하거나 제한함을 나타낸다.
  表現禁止或限制某行動。

1 다음과 같이 이야기해 봐요.

請照著以下的範例說說看。

> 오늘은 운동을 하다
>
> 가 오늘은 운동을 하면 안 돼요.
> 나 네, 알겠어요.

① 내일 늦게 오다

② 오늘은 일을 많이 하다

③ 커피를 많이 마시다

④ 여기에 앉다

⑤ 여기에 들어가다

⑥ 여기에서 음악을 듣다

⑦ 그렇게 매일 놀다

⑧ 오늘은 술을 마시다

2 다음을 해도 돼요? 친구하고 이야기해 봐요.

以下的事可以做嗎？請跟朋友聊一聊。

> 여기에 앉다
> ○
>
> 가 여기에 앉아도 돼요?
> 나 네, 앉아도 돼요.
>
> ------------------------------------
>
> 여기에 앉다
> ✕
>
> 가 여기에 앉아도 돼요?
> 나 아니요, 여기에 앉으면 안 돼요.

지금 집에 가다

수업 시간에 화장실에 가다

앉아서 쉬다

스마트폰을 하다

내일 늦게 오다

여기에 누워서 자다

❓

❓

3 몸이 안 좋을 때 무엇을 하면 안 돼요? 무엇을 해도 돼요? 친구하고 이야기해 봐요.

身體不好時哪些事不可以做？哪些事可以做？請跟朋友聊一聊。

한 번 더 연습해요 請再練習一次

1 다음 대화를 들어 보세요. (042)
請聽聽以下的對話。

1) 웨이 씨는 어디가 아파요?
王偉哪裡不舒服？

2) 웨이 씨는 먼저 가도 돼요?
王偉可以先走嗎？

2 다음 대화를 연습해 보세요.
請練習以下的對話。

 웨이 씨, 어디 아파요? 얼굴이 안 좋아요.

감기에 걸려서 몸이 좀 안 좋아요.
먼저 집에 가도 돼요?

 많이 힘들면 먼저 가도 돼요.

3 여러분도 이야기해 보세요.
大家也請聊一聊。

1) 나	2) 나	3) 나
배탈이 나다, 몸이 안 좋다	어제 잠을 못 자다, 피곤하다	알레르기가 심하다, 힘들다
지금 집에 가다	저기에서 좀 쉬다	내일 학교에 안 오다

이제 해 봐요 現在請試一試

 들어요

1 다음은 건강에 대한 대화입니다. 잘 듣고 질문에 답해 보세요.
以下是關於健康的對話。請仔細聽完後，回答問題。

1) 남자는 오늘 왜 학교에 안 왔어요? 고르세요.
男子今天為什麼沒來學校？請選出來。

① 다리를 다쳐서   ② 허리가 아파서   ③ 병원에 있어서

2) 의사 선생님이 남자한테 무슨 이야기를 했어요? 쓰세요.
醫生對男子說了什麼？請寫下來。

_____

 말해요

1 어디가 아픈지, 어떻게 하고 싶은지 친구하고 이야기해 보세요.
請跟朋友聊一聊哪裡不舒服、想要怎麼做。

1) 다음 그림을 보고 생각해 보세요.
請看下圖想一想。

● 어디가 아파요?
哪裡不舒服？

● 어떻게 하고 싶어요?
想怎麼做？

2) A와 B가 되어 이야기하세요.
   請扮成A和B進行對話。

읽어요

1 다음은 건강에 대해 쓴 글입니다. 잘 읽고 질문에 답해 보세요.
以下是關於健康的文章。請仔細閱讀後，回答問題。

요즘 한국은 아주 추워요. 어제 저녁부터 저는 머리가 아프고 기침을 했어요. 기침을 많이 해서 잠을 못 잤어요. 오늘 아침에는 열도 났어요. 그래서 학교에 안 가고 병원에 갔어요. 지금은 약을 먹고 집에서 쉬고 있어요. 내일은 학교에 가고 싶어요.

1) 이 사람은 왜 학교에 못 갔어요? 모두 고르세요.
   這個人為什麼沒辦法去學校？請全部選出來。

① 　② 　③ 　④

2) 읽은 내용과 같으면 ○, 다르면 ✕에 표시하세요.
與閱讀的內容一致時請標示 ○，不同請標示 ✕。

① 이 사람은 어제부터 아팠어요.　　　○　✕

② 이 사람은 지금 병원에 있어요.　　　○　✕

1 여러분은 어디가 자주 아파요? 아프면 어떻게 해요? 의사 선생님한테 물어보세요.
大家常覺得哪裡不舒服？不舒服的話會怎麼做？請問一問醫生。

써요

1) 의사 선생님한테 무엇을 물어볼 거예요? 메모하세요.
要問醫生哪些問題？請簡單記錄下來。

어디가? 어떻게?	언제? 무엇을 하면?

2) 메모한 내용을 바탕으로 글을 쓰세요.
請以記錄下來的內容為基礎寫一篇文章。

문화 아플 때는 여기로! 生病時就來這裡！

● 한국에도 많은 약국과 병원이 있어요. 아플 때는 여기로 찾아가세요.
在韓國也有很多藥局和醫院。不舒服就去這裡。

這裡是藥局，但半夜或假日不營業，如果是平常吃的成藥在便利商店也能買到。

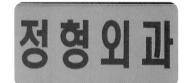

如果病得很重就該去醫院了吧？如果感冒了，就去耳鼻喉科（이비인후과）或內科（내과）；如果牙痛，就去牙科（치과）；如果受傷了或扭傷，就要去骨科（정형외과）。

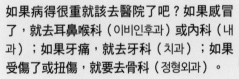

大家知道「한의원」（韓醫院）是什麼地方嗎？這裡是使用韓國傳統療法治病的地方。這裡可以開藥，如果有疼痛的地方，還可以針灸。

● 한국에서 혹시 아프면 걱정하지 말고 병원에 가 보세요.
萬一在韓國生病了，不用擔心，請去醫院。

이번 과 공부는 어땠어요? 별점을 매겨 보세요!
這一課學習得如何？請用星星打分數。

자기 평가
自我評價

건강 상태에 대해 묻고 답할 수 있어요?	

5

좋아하는 것

喜歡的事物

💡 생각해 봐요 請想想看　051

1 나쓰미 씨는 여기를 왜 안 좋아해요?
夏美為什麼不喜歡這裡？

2 여러분은 어떤 곳을 좋아해요?
大家喜歡什麼樣的地方？

 학습 목표 學習目標

좋아하는 것에 대해 묻고 답할 수 있다.
能針對喜歡的事物進行提問與回答。

- 특징 1, 특징 2
- -지만, -(으)면 좋겠다, -는/(으)ㄴ

배워요 請學一學

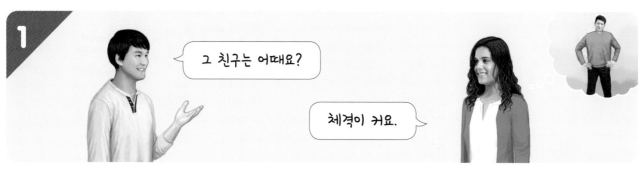

특징 1 特徵 1

체격이 크다

체격이 작다

키가 크다

키가 작다

뚱뚱하다

보통이다

날씬하다

마르다

어깨가 넓다

어깨가 좁다

손가락이 굵다

손가락이 가늘다

머리가 길다

머리가 짧다

귀엽다   멋있다   예쁘다

잘생기다   못생기다

• '마르다', '잘생기다', '못생기다'는 보통 '말랐어요', '잘생겼어요', '못생겼어요'로 말해요.
「마르다」、「잘생기다」、「못생기다」通常會說成「말랐어요」、「잘생겼어요」、「못생겼어요」。

1 다음과 같이 이야기해 봐요.
請照著以下的範例說說看。

가 그 사람은 어때요?
나 키가 크고 말랐어요.

①

②

③

④

2 여러분은 가수, 배우를 많이 알아요? 그 사람들은 어때요? 친구하고 이야기해 봐요.
大家知道的歌手、演員多嗎？那些人如何？請跟朋友聊一聊。

그 친구는 어때요?

똑똑해요.

똑똑하다　　　　착하다　　　　성격이 좋다　　　　성격이 안 좋다　　　　이상하다

1) 가 지아 씨는 성격이 어때요?
　　나 좋아요. 아주 착해요.

2) 가 저 사람 어때요?
　　나 좀 이상해요.

3 여러분의 친구는 어때요? 친구하고 이야기해 봐요.
　　大家的朋友如何？請跟朋友聊一聊。

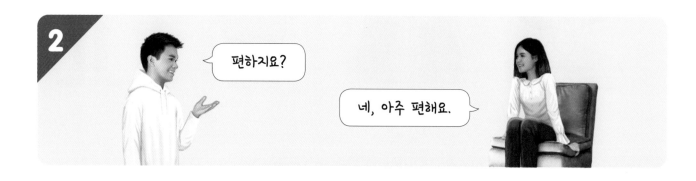

2

편하지요?

네, 아주 편해요.

• 자신의 생각과 상대방의 생각이 같은지 확인하고 싶을 때 '-지요?'로 물어요.
想確認自己的想法與對方的想法是否相同時，使用「-지요?」進行提問。
가 웨이 씨는 중국 사람이지요?
나 네, 중국 사람이에요.

가깝다

멀다

넓다

좁다

밝다

어둡다

깨끗하다

더럽다

조용하다

시끄럽다

편하다

불편하다

가볍다

무겁다

뜨겁다

차갑다

1) 가 학교에서 집이 멀어요?
나 아니요, 가까워요.

2) 가 여기 조금 시끄럽지요?
나 네, 우리 다른 카페에 갈래요?
↳ 其他的；不同的

1 다음과 같이 이야기해 봐요.
請照著以下的範例說說看。

집

가 집이 밝지요?
나 네, 아주 밝아요.

① 집
② 물
③ 노트북
筆記型電腦 ←
④ 집
⑤ 옷
⑥ 도서관
⑦ 교실
⑧ 식당
⑨ 화장실

2 우리 학교는 어때요? 친구하고 이야기해 봐요.
我們學校如何？請跟朋友聊一聊。

교실   책상   의자   칠판   화장실

3

여기 좀 비싸지만 음식이 맛있어요.

그래요? 뭐가 제일 맛있어요?

1) 가 집은 어때요?
   나 학교에서 좀 멀지만 방이 넓어요.

2) 가 노래방에 자주 가요?
   나 아니요, 음악을 듣는 것은 좋아하지만 노래하는 것은 싫어해요.

3) 가 미아 씨하고 지아 씨는 기숙사`宿舍`에 살지요?
   나 아니요, 저는 기숙사에 살지만 지아 씨는 기숙사에 안 살아요.

-지만 ▼ 🔍
• 앞의 내용이 뒤의 내용과 반대됨을 나타낸다. 表現前面的內容與後面的內容相反。

┃ 다음과 같이 이야기해 봐요.
請照著以下的範例說說看。

떡볶이	가 떡볶이 어때요?
맵다, 맛있다	나 맵지만 맛있어요.

① 그 식당 / 음식이 맛있다, 비싸다

② 기숙사 / 학교에서 가깝다, 좁다

③ 그 헬스장 / 집에서 멀다, 깨끗하다

④ 요가하는 것 / 재미있다, 힘들다

⑤ 춤 연습하는 것 / 잘 못하다, 재미있다

⑥ 알리 씨 / 학교에 잘 안 오다, 한국어를 잘하다

2 다음과 같이 이야기해 봐요.
請照著以下的範例說說看。

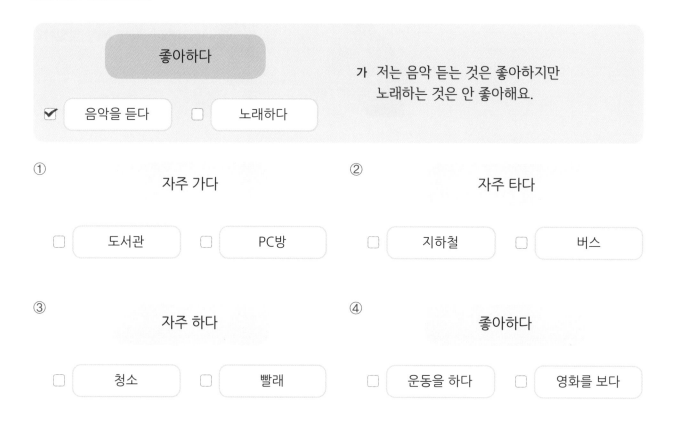

좋아하다

가 저는 음악 듣는 것은 좋아하지만
노래하는 것은 안 좋아해요.

☑ 음악을 듣다   ☐ 노래하다

① 자주 가다
☐ 도서관   ☐ PC방

② 자주 타다
☐ 지하철   ☐ 버스

③ 자주 하다
☐ 청소   ☐ 빨래

④ 좋아하다
☐ 운동을 하다   ☐ 영화를 보다

3 한국 생활은 어때요? 친구하고 이야기해 봐요.
韓國生活如何？請跟朋友聊一聊。

한국어 공부   한국 음식   한국 친구

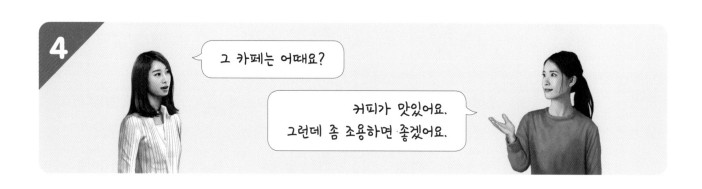

4

그 카페는 어때요?

커피가 맛있어요.
그런데 좀 조용하면 좋겠어요.

1) 가 그 노트북 좋아요?

나 네. 그런데 좀 가벼우면 좋겠어요.

2) 가 지금 집이 불편해서 다른 집을 찾으려고 해요. → 찾다 找

나 집이 어떠면 좋겠어요?

3) 가 한국에서 뭘 하고 싶어요?

나 여행을 하고 싶어요. 그리고 한국 친구를 많이 사귀면 좋겠어요.

4) 가 올해 꼭 대학교에 들어갔으면 좋겠어요. → 一定；務必

나 저도 그랬으면 좋겠어요.

- (으)면 좋겠다 ▽ 🔍

● 바람이나 기대를 나타낸다.
表現希望或期待。

● '–았으면/었으면/였으면 좋겠다'를 사용하기도 한다.
也可以使用「-았으면/었으면/였으면 좋겠다」。

• '어떠면'은 '어떻다'의 '- (으)면' 형태예요.
「어떠면」是「어떻다」的「-(으)면」形態。
어떻다–어때요?–어떠면 좋겠어요?

---

1 다음과 같이 이야기해 봐요.
請照著以下的範例說說看。

① 방 밝다

② 방 깨끗하다

③ 방 학교에서 가깝다

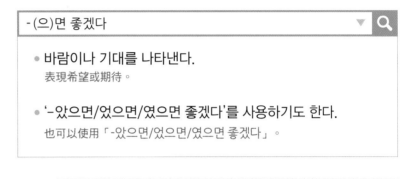

방 가 방이 어땠으면 좋겠어요?
조용하다 나 조용했으면 좋겠어요.

④ 날씨 맑다

⑤ 날씨 안 춥다

⑥ 날씨 비가 안 오다

⑦ 친구 재미있다

⑧ 고향 친구 한국어를 할 수 있다

⑨ 친구

2 다음과 같이 이야기해 봐요.
請照著以下的範例說說看。

책

가 책이 어때요?

나 좀 어려워요. 쉬우면 좋겠어요.

① 집

② 옷

③ 음식

④ 체격

3 다음이 어떠면 좋겠어요? 친구하고 이야기해 봐요.
大家希望以下的事物怎麼樣？請跟朋友聊一聊。

우리 교실

요즘 날씨

옆 친구

어떤 사람을 좋아해요?

재미있고 성격이 좋은 사람을 좋아해요.

1) 가 영화는 재미있었어요?

　　 나 아주 재미있었어요. 잘생긴 남자 배우도 나왔고요.

2) 가 나쓰미 씨는 한국 친구가 많아요?

　　 나 별로 없어요. 취미가 같은 친구가 있었으면 좋겠어요.
　　　　　　　　　　└──▶ 같다 一樣的；同樣的

3) 가 근처에 냉면이 맛있는 식당을 알아요?

　　 나 네, 학교 정문 앞에 하나 있어요.

4) 가 커피 하나 주세요.

　　 나 따뜻한 커피, 차가운 커피 어느 것으로 드릴까요?

5) 가 지금 사는 집은 마음에 들어요?

　　 나 네, 방이 커서 좋아요.
　　　　　└──▶ 마음에 들다 滿意

-는/(으)ㄴ ▽ 🔍

● 뒤에 오는 명사를 수식한다. 그 동작이나 상태가 현재임을 나타낸다.
用於修飾後面的名詞，表現那為現在的動作或狀態。

동사, '있다, 없다'		-는	먹는 재미있는
형용사	받침이 있을 때	-은	작은
	받침이 없거나 'ㄹ' 받침일 때	-ㄴ	큰 긴

● '어떤'은 '어떻다'의 '-는/(으)ㄴ' 형태예요.
「어떤」是「어떻다」的「-는/(으)ㄴ」形態。

1 다음과 같이 이야기해 봐요.
請照著以下的範例說說看。

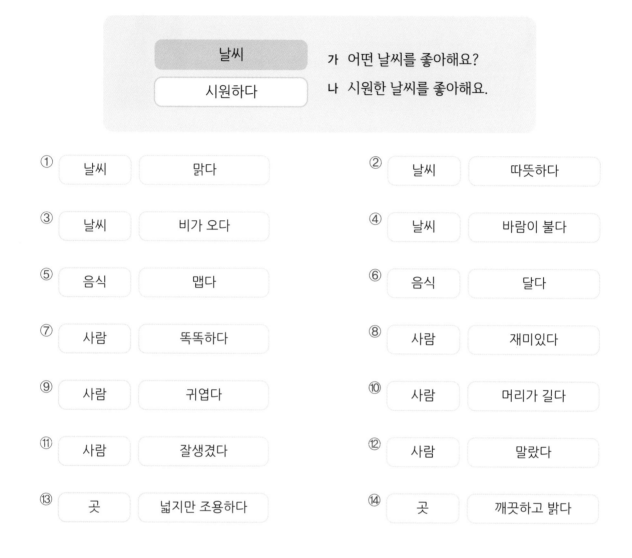

날씨

시원하다

가 어떤 날씨를 좋아해요?
나 시원한 날씨를 좋아해요.

① 날씨 / 맑다
② 날씨 / 따뜻하다
③ 날씨 / 비가 오다
④ 날씨 / 바람이 불다
⑤ 음식 / 맵다
⑥ 음식 / 달다
⑦ 사람 / 똑똑하다
⑧ 사람 / 재미있다
⑨ 사람 / 귀엽다
⑩ 사람 / 머리가 길다
⑪ 사람 / 잘생겼다
⑫ 사람 / 말랐다
⑬ 곳 / 넓지만 조용하다
⑭ 곳 / 깨끗하고 밝다

2 다음에 대해 친구하고 이야기해 봐요.
請跟朋友針對以下的內容聊一聊。

가 어떤 사람을 사귀고 싶어요?
나 저는 체격이 크고 운동을 잘하는 사람을 만나고 싶어요.

● 어떤 사람을 사귀고 싶어요?

● 어떤 집에서 살고 싶어요?

● 어떤 곳에서 공부하고 싶어요?

● 어떤 곳에 놀러 가고 싶어요?

● 어떤 것을 사고 싶어요?

● 어떤 것을 먹고 싶어요?

한 번 더 연습해요 請再練習一次

1 다음 대화를 들어 보세요.
請聽聽以下的對話。

　　1) 카밀라 씨는 어떤 사람을 만나고 싶어 해요?
　　　　卡米拉想跟什麼樣的人交往？

　　2) 하준 씨는 어떤 사람을 만나고 싶어 해요?
　　　　夏俊想跟什麼樣的人交往？

2 다음 대화를 연습해 보세요.
請練習以下的對話。

 카밀라 씨는 어떤 사람을 만나고 싶어요?

저는 재미있고 착한 사람을 만나고 싶어요.
하준 씨는요?

 저는 게임하는 것을 좋아해요.
그래서 게임을 좋아하는 사람을 만나고 싶어요.

3 여러분도 이야기해 보세요.
大家也請聊一聊。

　　1)
사람, 만나다

가	영화를 좋아하다	나	똑똑하다, 잘생겼다

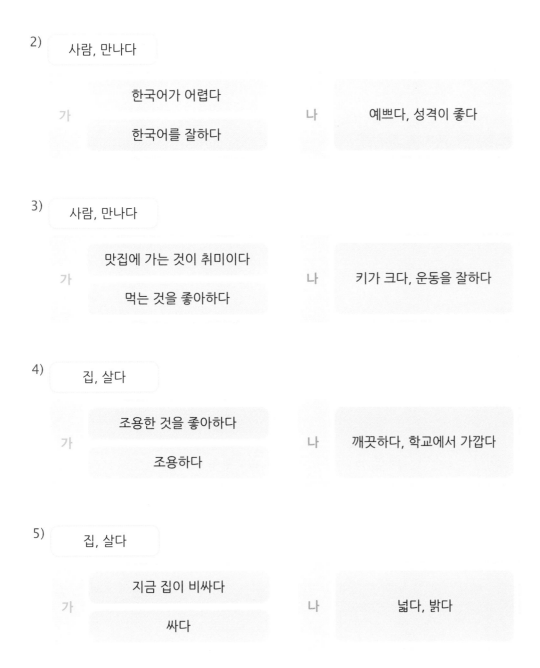

2) 사람, 만나다

가 한국어가 어렵다

한국어를 잘하다

나 예쁘다, 성격이 좋다

3) 사람, 만나다

가 맛집에 가는 것이 취미이다

먹는 것을 좋아하다

나 키가 크다, 운동을 잘하다

4) 집, 살다

가 조용한 것을 좋아하다

조용하다

나 깨끗하다, 학교에서 가깝다

5) 집, 살다

가 지금 집이 비싸다

싸다

나 넓다, 밝다

이제 해 봐요 現在請試一試

들어요

1 다음은 좋아하는 것에 대한 대화입니다. 잘 듣고 질문에 답해 보세요.
以下是關於喜歡的事物的對話。請仔細聽完後，回答問題。

1) 들은 내용과 같으면 ◯, 다르면 ✕에 표시하세요.
與聽到的內容一致時標示 ◯，不同請標示 ✕。

① 남자는 더운 날씨를 싫어해요.　　　　　◯　✕

② 두 사람은 남자가 아는 식당에 갈 거예요.　◯　✕

2) 두 사람이 이야기하고 있는 식당은 어떤 곳이에요?
兩個人在討論的餐廳是個什麼樣的地方？

읽어요

1 다음은 좋아하는 장소에 대해 쓴 글입니다. 잘 읽고 질문에 답해 보세요.
以下是關於喜歡的場所的文章。請仔細閱讀後，回答問題。

　　여러분은 어떤 곳에 자주 가요? 저는 학교 근처에 있는 KU카페에 자주 가요. 거기에는 공부하는 사람, 친구하고 이야기하는 사람, 영화를 보는 사람도 있어요. 카페에 사람이 많지만 조용해요. 그리고 편한 의자하고 맛있는 커피가 있어요. 학교 근처에 카페가 많지만 저는 조용한 이 카페가 좋아요.

1) 이 사람이 자주 가는 곳은 어디예요?
這個人經常去的地方是哪裡？

2) 왜 그곳에 자주 가요?
為什麼常去那裡？

말해요

1 여러분의 친구들은 어떤 것을 좋아할까요? 친구들하고 이야기해 보세요.
大家的朋友們會喜歡什麼？請跟朋友們聊一聊。

1) 어느 쪽이 좋아요? 좋아하는 것에 ✔표 하세요.
大家喜歡哪一邊呢？請在喜歡的項目上標示 ✔。

장소	☐ 어둡다	☐ 밝다
	☐ 조용하다	☐ 시끄럽다
	☐ 사람이 많다	☐ 사람이 적다
	☐ 집에서 가깝다	☐ 집에서 멀다
	☐	☐

날씨	☐ 비가 오다	☐ 눈이 오다
	☐ 덥다	☐ 춥다
	☐ 맑다	☐ 흐리다
	☐	☐

사람	☐ 키가 크다	☐ 키가 작다
	☐ 책을 많이 읽다	☐ 운동을 자주 하다
	☐ 말이 없다	☐ 말이 많다
	☐ 머리가 길다	☐ 머리가 짧다
	☐	☐

2) ✔표 한 것을 바탕으로 친구하고 이야기하세요.
請以標示 ✔ 的內容為基礎跟朋友聊一聊。

써요

1 여러분이 좋아하는 것에 대해 글을 써 보세요.
請針對大家喜歡的事物寫一篇文章。

1) 여러분은 어떤 사람을 좋아해요? 어떤 날씨, 음식을 좋아해요? 그리고 뭐 하는 것을 좋아해요?
메모하세요.
大家喜歡什麼樣的人？喜歡什麼樣的天氣和食物？還有喜歡做什麼呢？請簡單記錄下來。

2) 메모한 내용을 바탕으로 글을 쓰세요.
請以記錄下來的內容為基礎寫一篇文章。

발음 소리 내어 읽기 1 朗讀 1

● 다음을 읽어 보세요. 시간이 얼마나 걸렸어요? 〈054〉
請讀出以下的內容。花了多長時間？

1)

> 저는 게임을 아주 좋아해요. 컴퓨터로도 하고 휴대폰으로도 게임을 자주 해요. 혼자 할 때도 있지만 친구하고 같이 할 때가 더 많아요. 고향에서도 많이 했지만 한국에 와서 더 자주 하는 것 같아요. 한국은 인터넷이 잘되어 있어서 게임을 할 때 더 편해요.

2)

> 제가 좋아하는 사람은 목소리가 좋은 사람이에요. 얼굴이 조금 못생겨도 괜찮고, 키가 작아도 괜찮아요. 목소리가 좋으면 다 멋있어 보여요. 목소리가 좋은 사람이 노래도 잘 부르면 더욱 멋있지요. 여러분 주위에 목소리가 좋은 사람이 있으면 저에게 소개해 주세요.

● 다시 읽어 보세요. 이번에는 틀리지 말고 정확히 읽어 보세요.
請再讀一次。這次不要讀錯，準確地讀出來。

● 다시 읽어 보세요. 이번에는 30초 안에 읽어 보세요.
請再讀一次。這次請在30秒內讀完。

자기 평가
自我評價

이번 과 공부는 어땠어요? 별점을 매겨 보세요!
這一課學習得如何？請用星星打分數。

좋아하는 것에 대해 묻고 답할 수 있어요?	☆☆☆☆☆

6

가족

家人

💡 생각해 봐요 請想想看　061

1️⃣ 두엔 씨는 어제 누구하고 전화를 했어요?
杜安昨天跟誰講了電話？

2️⃣ 여러분은 한국어로 가족에 대해 이야기할 수 있어요?
大家能使用韓語聊聊家人嗎？

🚲 학습 목표　學習目標

가족에 대해 묻고 답할 수 있다.
能針對家人進行提問與回答。

● 가족, 경어
● 높임말, -아/어/여 주다/드리다
● 가족 구성원 묻고 답하기

배워요 請學一學

- 다음 표현 중 아는 것에 모두 ⟨⟩해 보세요. 그리고 여러분의 가족은 누가 있는지 친구하고 이야기해 봐요.
  請在以下表達方式中將知道的全部標示 ♡。還有請跟朋友聊一聊自己有哪些家人。

아버지	어머니	부모님	형	누나
오빠	언니	남/여동생	남편	아내
딸	아들	할아버지	할머니	삼촌
고모	이모	사촌	조카	친척

형제 兄弟姊妹 ▼ Q

첫째	둘째	셋째	……	막내
혼자	쌍둥이			

1) 가 형제가 어떻게 돼요?

   나 누나하고 남동생이 있어요. 내가 둘째예요.

2) 가 형제가 어떻게 돼요?

   나 나 혼자예요.

1 다음과 같이 이야기해 봐요.
請照著以下的範例說說看。

남동생 1명, 첫째

가 형제가 어떻게 돼요?

나 남동생이 하나 있어요. 내가 첫째예요.

① 형 1명, 둘째 ② 누나 2명, 막내

③ 형 1명, 여동생 1명, 둘째 ④ 오빠, 남동생, 둘째

⑤ 쌍둥이 언니 1명 ⑥ 혼자

2 이 사람은 가족이 어떻게 돼요? 친구하고 이야기해 봐요.
這個人有哪些家人？請跟朋友聊一聊。

①

나

②

나

③

나

④

나

3 여러분은 가족이 어떻게 돼요? 그리고 형제가 어떻게 돼요? 친구하고 이야기해 봐요.
大家有哪些家人？有兄弟姊妹嗎？請跟朋友聊一聊。

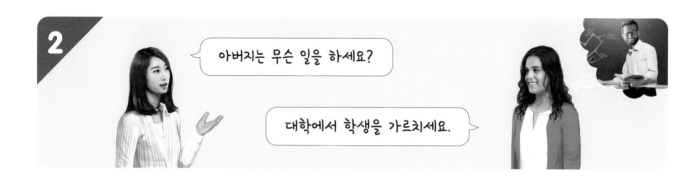

1) 가 리나 씨는 키가 커요. 어머니도 키가 크세요?

   나 아니요, 저희 어머니는 작으세요.
   （謙稱）我們

2) 가 선생님, 오전에 보통 뭐 하세요?

   나 수업이 없으면 신문을 읽어요.
   報紙

3) 가 사진 속의 이 사람은 누구예요?

   나 우리 할아버지세요.

4) 가 어머니는 전에 무슨 일을 하셨어요?

   나 은행에 다니셨어요.

5) 가 여행은 재미있으셨어요?

   나 네, 정말 좋았어요.

6) 가 사장님, 언제 오실 거예요?
   老闆

   나 아직 잘 모르겠어요. 먼저 퇴근하세요.
   還、尚、仍舊

높임말 ▼ Q

- 높임말은 문장의 주어가 말하는 사람보다 나이가 많거나 지위가 높을 때 사용한다.
  當句子的主語比說話者年紀更大或地位更高時，須使用敬語。

- '-(으)세요'는 주어의 행동이나 상태를 높이는 현재 시제 표현이다.
  「-(으)세요」是對主語的行動或狀態表示尊敬的現在時態表現。

1 다음과 같이 이야기해 봐요.
請照著以下的範例說說看。

아버지, 무슨 일을 하다

회사에 다니다

가 아버지는 무슨 일을 하세요?
나 회사에 다니세요.

어머니, 외모가 어떻다

키가 좀 작다

가 어머니는 외모가 어떠세요?
나 키가 좀 작으세요.

① 어머니, 무슨 일을 하다

고등학교 선생님이다

② 할아버지, 언제 오다

다음 달에 오다

③ 부모님, 어디에서 살다

고향에 살다

④ 할머니, 오후에 무엇을 하다

공원을 산책하다

⑤ 사장님, 외모가 어떻다

멋있다

⑥ 선생님, 건강이 어떻다

눈이 좀 안 좋다

⑦ 아버지, 운동을 자주 하다

자주 안 하다, 가끔 하다

⑧ 사장님, 요즘 많이 바쁘다

괜찮다

2 여러분의 부모님은 무슨 일을 하세요? 외모는 어떠세요? 뭐 하는 것을 좋아하시고, 뭐 하는 것을 싫어하세요? 친구하고 이야기해 봐요.
大家的父母從事什麼工作？外貌如何？他們喜歡做什麼、不喜歡做什麼？請跟朋友聊一聊。

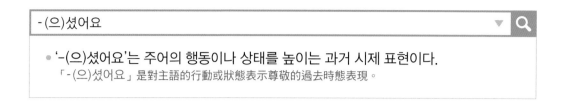

- (으)셨어요

- '-(으)셨어요'는 주어의 행동이나 상태를 높이는 과거 시제 표현이다.
  「-(으)셨어요」是對主語的行動或狀態表示尊敬的過去時態表現。

3 다음과 같이 이야기해 봐요. 請照著以下的範例說說看。

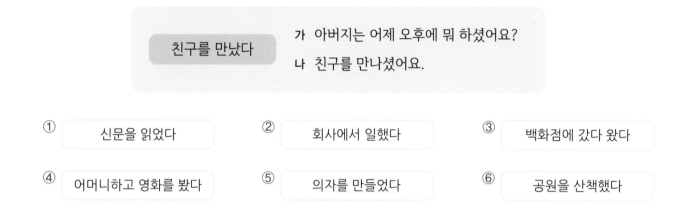

친구를 만났다

가 아버지는 어제 오후에 뭐 하셨어요?
나 친구를 만나셨어요.

① 신문을 읽었다
② 회사에서 일했다
③ 백화점에 갔다 왔다
④ 어머니하고 영화를 봤다
⑤ 의자를 만들었다
⑥ 공원을 산책했다

4 여러분의 부모님은 10년 전에 무슨 일을 하셨어요? 어디에서 사셨어요? 친구하고 이야기해 봐요.
大家的父母10年前從事什麼工作？當時在哪裡生活？請跟朋友聊一聊。

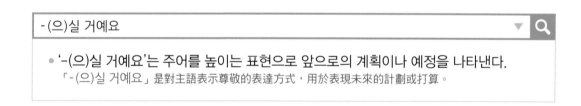

- (으)실 거예요

- '-(으)실 거예요'는 주어를 높이는 표현으로 앞으로의 계획이나 예정을 나타낸다.
  「-(으)실 거예요」是對主語表示尊敬的表達方式，用於表現未來的計劃或打算。

5 다음과 같이 이야기해 봐요. 請照著以下的範例說說看。

출근할 것이다

가 내일 출근하실 거예요?
나 네, 출근할 거예요.

① 신문을 읽을 것이다
② 돈을 줄 것이다
③ 청소할 것이다
④ 친구를 만나러 갈 것이다
⑤ 병원에 갔다 올 것이다
⑥ 꽃을 살 것이다

6 선생님은 내일 무엇을 하실지 선생님한테 물어봐요.
請問問看老師明天要做什麼。

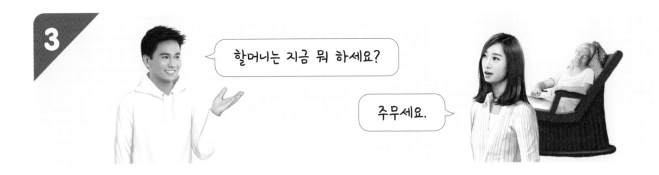

3

할머니는 지금 뭐 하세요?

주무세요.

경어 敬語

드시다, 잡수시다 [먹다]　　　드시다 [마시다]　　　주무시다 [자다]

계시다 [있다]　　　편찮으시다 [아프다]　　　돌아가시다 [죽다]

댁 [집]　　　성함 [이름]　　　연세 [나이]　　　분 [사람]　　　말씀 [말]

---

1) 가 할아버지께서는 댁에 계세요?
　 나 아니요, 편찮으셔서 병원에 계세요.

2) 가 선생님, 점심 드셨어요?
　 나 아직 못 먹었어요.

3) 가 지아 씨, 아버지 연세가 어떻게 되세요?
　 나 마흔여덟이세요.

할아버지께서 말씀하세요.　할머니께서는 예쁘세요.　선생님께 선물을 드려요.

- 문장의 주어를 높이고 싶을 때 조사도 바꿔 쓰면 더 좋아요.
  想對句子的主語表示尊敬時，將助詞一同替換會更合適。

  께서 [이/가]　　께서는 [은/는]　　께 [한테]

1 다음과 같이 이야기해 봐요.
請照著以下的範例說說看。

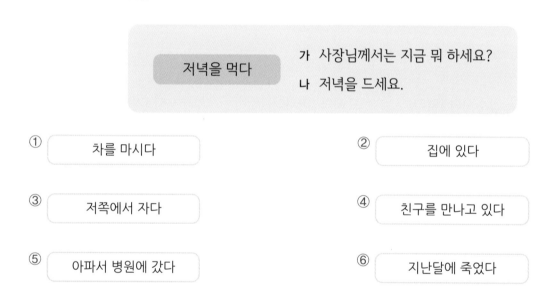

> 저녁을 먹다
>
> 가 사장님께서는 지금 뭐 하세요?
> 나 저녁을 드세요.

① 차를 마시다　　　　② 집에 있다

③ 저쪽에서 자다　　　④ 친구를 만나고 있다

⑤ 아파서 병원에 갔다　⑥ 지난달에 죽었다

2 여러분 부모님, 할아버지, 할머니께서는 연세가 어떻게 되세요? 다음과 같이 친구하고 이야기해 봐요.
大家的父母和祖父母今年貴庚？請跟朋友照著以下的範例聊一聊。

> 가 하준 씨, 할아버지께서는 연세가 어떻게 되세요?
> 나 올해 일흔둘이세요.

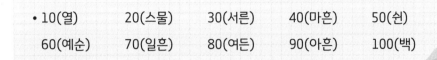

• 10(열)　　20(스물)　　30(서른)　　40(마흔)　　50(쉰)
　60(예순)　70(일흔)　80(여든)　90(아흔)　100(백)

4

시계가 정말 멋있어요.

그래요? 아버지께서 사 주셨어요.

1)　가　이거 정말 맛있어요. 요리는 누구한테 배웠어요?
　　나　어머니께서 가르쳐 주셨어요. 어머니께서 요리를 잘하세요.

2)　가　미안한데, 사진 좀 찍어 주실래요?
　　나　네, 카메라 주세요.

3)　가　제 이름은 아흐메드 압둘라입니다.
　　나　잘 못 들었어요. 여기에 좀 써 주세요.

4)　가　제가 좀 도와 드릴까요?
　　나　고마워요.　　　↳ 돕다 幇助

-아/어/여 주다　▽ Q

• 다른 사람에게 도움이 되는 어떤 행동을 함을 나타낸다.
　表現做出對他人有幫助的某種行動。

• '주다'는 행동을 하는 사람을 높일 때 '주시다'로 사용하고, 행동을 받는 사람을 높일 때 '드리다'로 사용한다.
　對做「주다」這行動的人表示尊敬時，使用「주시다」，對接受「주다」這行動的人表示尊敬時，使用「드리다」。
　할아버지께서 이 시계를 저한테 사 주셨어요.
　저는 할아버지께 이 시계를 사 드릴 거예요.

1 다음과 같이 이야기해 봐요.
請照著以下的範例說說看。

> **밥을 사다**
>
> 가 밥 좀 사 주세요.
> 나 네, 알겠어요.

① 방을 청소하다　② 이것을 가르치다

③ 여기에 쓰다　④ 한 번 더 말하다

⑤ 저를 돕다　⑥ 조금만 기다리다

2 다음과 같이 이야기해 봐요.
請照著以下的範例說說看。

> **약을 사다**
>
> 가 할머니를 도와 드렸어요?
> 나 네, 약을 사 드렸어요.

① 책을 읽다　② 전화번호를 쓰다

③ 수영을 가르치다　④ 음식을 만들다

⑤ 방을 청소하다　⑥ 노래를 부르다

3 여러분의 가족이나 친구는 여러분을 위해 무엇을 해 주었어요? 여러분은 가족이나 친구한테 무엇을 해 주었어요? 친구하고 이야기해 봐요.
大家的家人或朋友為自己做了什麼？大家又為家人或朋友做了什麼呢？請跟朋友聊一聊。

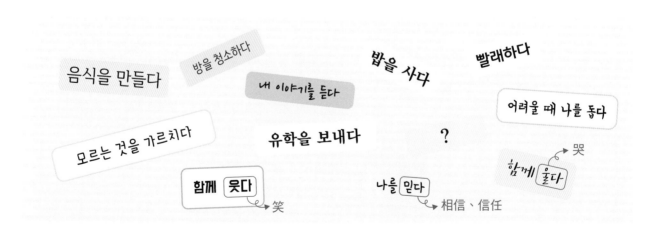

음식을 만들다　방을 청소하다　밥을 사다　빨래하다

내 이야기를 듣다　어려울 때 나를 돕다

모르는 것을 가르치다　유학을 보내다　?

함께 웃다 → 笑　나를 믿다 → 相信、信任　함께 울다 → 哭

한 번 더 연습해요 請再練習一次

1 다음 대화를 들어 보세요. 請聽聽以下的對話。

　　1) 두 사람은 무엇에 대해 이야기해요? 兩個人在聊什麼話題？

　　2) 무함마드 씨의 가족은 몇 명이에요? 穆罕默德的家人有幾位？

2 다음 대화를 연습해 보세요. 請練習以下的對話。

 무함마드 씨는 가족이 어떻게 돼요?

아버지, 아내 그리고 아들이 한 명 있어요. 어머니는 제가 어렸을 때 돌아가셨어요.

 그래요? 가족이 모두 같이 살아요?

아니요, 아버지께서는 이집트에 계세요. 거기에서 작은 식당을 하세요.

3 여러분도 이야기해 보세요. 大家也請聊一聊。

　　1)

가	부모님, 여동생, 나 부모님: 고향에서 살다 아버지 나이: 53	나	부모님, 나 부모님: 회사에 다니다 아버지 나이: 48

　　2)

가	어머니, 형, 누나, 나 어머니: 전에 학교 선생님 취미: 여행	나	남편, 아들 2명 남편: 관광 가이드 재미있고 한국어를 잘하다

이제 해 봐요 現在請試一試

들어요

1 다음은 리나 씨의 가족에 대한 대화입니다. 잘 듣고 질문에 답해 보세요.

以下是關於莉娜家人的對話。請仔細聽完後，回答問題。

1) 리나 씨 가족으로 맞는 그림을 고르세요.

請選出與莉娜家人相符的圖片。

2) 들은 내용과 같은 것을 고르세요.

請選出與所聽內容一致的選項。

① 리나 씨는 첫째예요.

② 리나 씨 할아버지는 돌아가셨어요.

③ 리나 씨 부모님은 지금 도쿄에서 사세요.

읽어요

1 다음은 가족 소개 글입니다 잘 읽고 질문에 답해 보세요.

以下是介紹家人的文章。請仔細閱讀後，回答問題。

우리 가족은 다섯 명이에요. 부모님하고 저 그리고 여동생이 두 명 있어요. 제 동생은 쌍둥이예요. 가족들은 모두 고향에서 살고 있어요. 아버지는 회사원이시고, 어머니는 의사세요. 동생들은 중학생이에요. 저는 아버지를 제일 좋아해요. 아버지는 제 이야기를 잘 들어 주시고 언제나 저를 믿어 주세요. 다음 달에는 부모님이 저를 만나러 한국에 오실 거예요. 빨리 부모님을 만나면 좋겠어요.

1) 이 사람의 가족은 어떻게 돼요?
   그림을 그리세요.
   這個人有哪些家人？請畫出來。

2) 이 사람은 아버지를 왜 좋아해요? 찾아보세요.
   這個人為什麼喜歡他爸爸？請找出原因。

3) 읽은 내용과 같으면 ◯, 다르면 ✕에 표시하세요.
   與閱讀的內容一致時請標示 ◯，不同請標示 ✕。

   ① 아버지는 지금 일을 하시지만 어머니는 쉬고 계세요.　◯　✕

   ② 이 사람은 다음 달에 가족을 만나러 고향에 갈 거예요.　◯　✕

말해요

1 여러분의 가족을 소개해 보세요.
請介紹一下自己的家人。

1) 누구 누구 있어요? 무슨 일을 해요? 어디에서 살아요? 외모는 어때요? 성격은 어때요? 메모하세요.
   家裡有誰？他們做什麼工作？在哪裡生活？外貌如何？個性如何？請簡單記錄下來。

2) 메모한 내용을 바탕으로 친구하고 가족에 대해 이야기하세요.
請以記錄下來的內容為基礎，跟朋友聊一聊家人。

써요

1 여러분의 가족을 소개하는 글을 써 보세요.
請寫一篇關於各位家人的文章。

1) 가족 소개 글을 재미있게 쓰려면 어떤 내용을 어떤 순서로 쓰면 좋을까요? 생각해 보세요.
想要寫出一篇有趣的家人介紹文章，要寫什麼內容、按照什麼順序寫比較好呢？請想想看。

2) 생각한 내용을 바탕으로 글을 쓰세요.
請以想到的內容為基礎寫一篇文章。

문화 어른 앞에서는 在長輩面前

● 한국은 어른에 대한 예의를 중요하게 생각하는 나라예요. 어른 앞에서 지켜야 할 예의 몇 가지를 알려 드릴게요.
韓國是一個重視對長輩禮儀的國家。以下就舉幾個例子說明在長輩面前須遵守的禮儀。

向長輩問候時，要彎腰行禮。

向長輩傳達或從長輩手中接過物品時，必須要用雙手。

제가...

저는...

언제 오셨어요?

제가 도와 드릴게요.

對長輩說話時，最好使用準確的敬語。

● 한국에서 어른을 만나면 예의를 지켜 말하세요.
在韓國遇到長輩時，請遵守說話的禮儀。

이번 과 공부는 어땠어요? 별점을 매겨 보세요!
這一課學習得如何？請用星星打分數。

자기 평가
自我評價

가족에 대해 묻고 답할 수 있어요?	

7

여행
旅行

생각해 봐요 請想想看 071

1 다니엘 씨는 어디에 갔다 왔어요?
丹尼爾去過哪裡？

2 여러분은 한국에서 어디에 가 봤어요?
大家去過韓國的哪些地方？

학습 목표 學習目標

여행 경험에 대해 묻고 답할 수 있다.
能針對旅行經驗進行提問與回答。

● 여행지

● -아/어/여 보다, -(으)ㄴ, -네요

● 여행 경험 묻고 답하기

배워요 請學一學

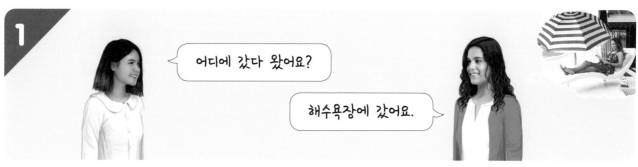

어디에 갔다 왔어요?

해수욕장에 갔어요.

여행지 旅遊地點

산

폭포

호수

사원

온천

강

미술관

절

쇼핑몰

성당

바닷가

민속촌

해수욕장

섬

1) 가 지난 연휴에 어디에 갔다 왔어요?
   나 민속촌에 갔다 왔어요.

2) 가 여행 가서 뭐 했어요?
   나 낮에는 해수욕장에서 놀고 밤에는 야경도 보고 야시장에도 갔어요.
   夜市
   夜景

1 다음과 같이 이야기해 봐요.
請照著以下的範例說說看。

①

②

③

가 다음에는 어디에 갈까요?
나 다음에는 산에 가고 싶어요.

• 함께하고 싶은 것을 제안할 때는
'-(으)ㄹ까요?'를 사용해요.
提議想與對方一起做某事時，使用「-(으)ㄹ까요?」來表達。

가 오늘 점심에는 짜장면을 먹을까요?
나 네, 좋아요.

④

⑤

⑥

2 여러분은 어디에 갔어요? 어디에 가고 싶어요? 친구하고 이야기해 봐요.
大家去過哪裡？想去哪裡？請跟朋友聊一聊。

2

한국에서 산에 가 봤어요?

아니요, 못 가 봤어요.

1) 가 부산에 여행 가서 뭐 먹었어요?

  나 회를 처음 먹어 봤어요.
  → 生魚片

2) 가 여행 가서 무엇을 해 보고 싶어요?

  나 배를 타 보고 싶어요.
  → 船

3) 가 어제 집에서 김밥을 만들어 봤어요.

  나 그래요? 맛있었어요?

4) 가 뭐 듣고 있어요?

  나 제가 좋아하는 가수의 노래요. 한번 들어 볼래요?

-아/어/여 보다

- 어떤 행동을 경험하거나 시도함을 나타낸다.
  表現體驗或嘗試某種行動。

1 다음과 같이 이야기해 봐요.
請照著以下的範例說說看。

가 제주도에서 바닷가에 가 봤어요?

제주도, 바닷가 ○

가 제주도에서 바닷가에 가 봤어요?
나 네, 가 봤어요.

제주도, 바닷가 ✕

가 제주도에서 바닷가에 가 봤어요?
나 아니요, 못 가 봤어요.

① 부산, 쇼핑몰 ○
② 한강, 배 ✕
③ 제주도, 꽃구경 ✕
④ 동대문, 쇼핑 ○
⑤ 야시장, 음식 ○
⑥ 해수욕장, 수영 ✕
⑦ 일본, 온천 ✕
⑧ 태국, 사원 ○

2 다음과 같이 이야기해 봐요.
請照著以下的範例說說看。

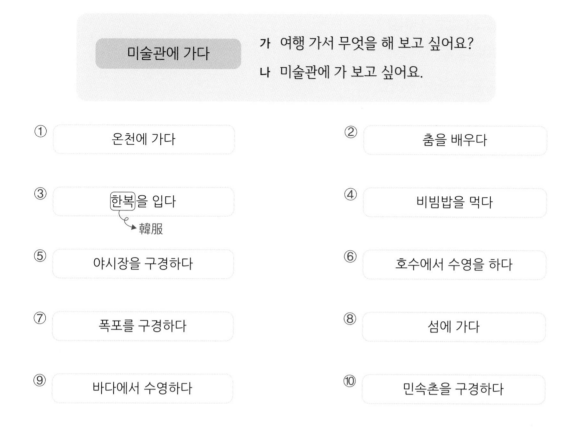

미술관에 가다

가 여행 가서 무엇을 해 보고 싶어요?

나 미술관에 가 보고 싶어요.

① 온천에 가다

② 춤을 배우다

③ 한복을 입다
→ 韓服

④ 비빔밥을 먹다

⑤ 야시장을 구경하다

⑥ 호수에서 수영을 하다

⑦ 폭포를 구경하다

⑧ 섬에 가다

⑨ 바다에서 수영하다

⑩ 민속촌을 구경하다

3 여러분은 어디를 여행해 봤어요? 거기에서 무엇을 해 봤어요? 친구하고 이야기해 봐요.
大家去哪裡旅行過？在那裡做過什麼？請跟朋友聊一聊。

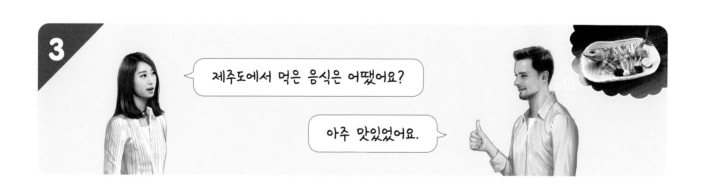

3

제주도에서 먹은 음식은 어땠어요?

아주 맛있었어요.

1) 가 이거 제가 부산에서 산 선물이에요.
   나 정말 고마워요.

2) 가 한국에서 여행을 많이 해 봤어요?
   나 아니요, 가 본 곳이 별로 없어요.

3) 가 가방 샀어요? 정말 예뻐요.
   나 아, 이거 제가 만든 거예요.

4) 가 이 사진 누가 찍은 거예요?
   나 선생님께서 찍어 주신 거예요.

- (으)ㄴ　🔍

- 동사에 붙어 뒤에 오는 명사를 수식한다. 그 동작이 과거에 일어났음을 나타낸다.
  加在動詞之後，用來修飾後面出現的名詞。表現該動作發生在過去。

---

1 **다음과 같이 이야기해 봐요.**
請照著以下的範例說說看。

사진, 찍었다

가 사진을 많이 찍었어요?
나 네, 찍은 사진이 정말 많아요.

① 사람, 만났다

② 음식, 먹었다

③ 책, 읽었다

④ 음악, 들었다

⑤ 옷, 샀다

⑥ 영화, 봤다

⑦ 음식, 만들었다

⑧ 외국어, 배웠다

2 다음과 같이 이야기해 봐요.
請照著以下的範例說說看。

> 가 여행 가서 만난 관광 가이드가 정말 멋있었어요.
> 나 여행 가서 먹은 음식이 다 맛있었어요.
> 다 이건 여행 가서 만든 컵이에요.
> 라   ⋮

여행 가서 ➕ 먹다 / 만들다 / 찍다 / 사다 / 만나다 / 타다 / 보다 / 가 보다 / ?? ➕ 음식…… / 사람…… / 곳…… / 것……

3 여러분은 여행 가서 무엇을 했어요? 그것이 어땠어요? 친구하고 이야기해 봐요.
大家去旅行時做了什麼？覺得如何？請跟朋友聊一聊。

4

이번에 여행 가서 찍은 사진이에요.

정말 멋있네요.

1) 가 여기는 어디예요? 경치가 정말 좋네요. → 風景

나 우리 고향에 있는 호수예요.

2) 가 이건 여행 가서 먹은 음식들 사진이에요.

나 이걸 다 먹었어요? 정말 많이 먹었네요.

3) 가 여기는 나무가 많아서 정말 아름답지요?

나 네, 단풍이 들면 더 예쁘겠네요. → 아름답다 美麗的

4) 가 방학에 경주에 갔다 왔어요.

나 경주요? 정말 좋았겠네요.

- 네요 ▽ 🔍

- 말하는 사람이 새롭게 안 사실임을 나타낸다. 보통 감탄의 의미로 사용한다.
  表現說話者新得知的事實，通常用於表現感嘆的意思。

---

1 다음과 같이 이야기해 봐요.
請照著以下的範例說說看。

경치가 좋다

가 이건 섬에서 찍은 사진이에요.

나 경치가 좋네요.

①

야경이 예쁘다

②

정말 크다

③

아름답다

④

음식이 많다

⑤

사람이 별로 없다

⑥

깨끗하고 멋있다

2 여러분은 특별한 장소에서 찍은 사진이 있어요? 그곳은 어때요? 친구하고 그 사진을 보면서 이야기해 봐요.

大家有在特別的場所拍的照片嗎？那個地方如何？請和朋友一起看著那張照片聊一聊吧。

 지금까지 간 곳 중에서 어디가 가장 좋았어요?

제주도가 제일 좋았어요.

 지금까지 먹은 것 중에서 뭐가 제일 맛있었어요?

치킨이 가장 맛있었어요.

 지금까지 본 것 중에서 뭐가 가장 멋있었어요?

한강 야경이 가장 멋있었어요.

 지금까지 해 본 것 중에서 뭐가 제일 좋았어요?

민속촌에서 한복을 입어 본 것이 제일 좋았어요.

1 그림을 보고 친구하고 이야기해 봐요.

請看完以下圖片後，和朋友聊一聊。

① 온천

② 미술관

③ 불고기

④ 비빔밥

⑤ 민속촌

⑥ 호수

2 여러분은 지금까지 한국에서 경험해 본 것 중에서 뭐가 제일 좋았어요? 친구하고 이야기해 봐요.

到目前為止，大家在韓國經歷過最棒的事情是什麼？請和朋友聊一聊。

간 곳   먹은 것   본 것   해 본 것

한 번 더 연습해요 請再練習一次

1 다음 대화를 들어 보세요. (072)
請聽聽以下的對話。

1) 카밀라 씨는 어디에 여행을 갔어요?
卡米拉去哪裡旅行了？

2) 거기에서 무엇을 했어요?
在那裡做了什麼？

2 다음 대화를 연습해 보세요.
請練習以下的對話。

 이건 어디에서 찍은 거예요?

쇼핑몰에서 찍은 거예요.
부산 여행 때 가 봤어요.

 부산에서 간 곳 중에서 어디가 가장 좋았어요?

바닷가가 제일 좋았어요.
이게 바닷가 사진이에요.

 정말 좋았겠네요.

3 여러분도 이야기해 보세요.

大家也請聊一聊。

1)

가	어디에서 찍다

나	폭포
	제주도
	해수욕장

.

2)

가	어디에서 먹다

나	시장
	중국
	만두

3)

가	어디에서 찍다

나	박물관
	영국
	공원

이제 해 봐요 現在請試一試

 들어요

1 다음은 여행 경험에 대한 대화입니다. 잘 듣고 질문에 답해 보세요.

以下是關於旅行經驗的對話。請仔細聽完後，回答問題。

1) 웨이 씨는 여행지에서 어디에 갔어요? 무엇을 했어요? 순서대로 번호를 쓰세요.

王偉在以下旅遊地點中去了哪裡？做了什麼？請依照順序填入數字。

2) 들은 내용과 같은 것을 고르세요.

請選出與所聽內容一致的選項。

① 웨이 씨는 혼자 여행을 갔어요.

② 웨이 씨는 여행지에서 요리를 배웠어요.

③ 웨이 씨는 여행지에서 수영을 해 봤어요.

 말해요

1 여러분의 여행 경험에 대해 이야기해 보세요.

請聊一聊大家的旅行經驗。

1) 지금까지 한 여행 중에서 어떤 곳이 가장 좋았어요? 어디에 가고 무엇을 해 봤어요? 또 그곳의 느낌은 어땠어요? 메모하세요.

到目前為止所有旅行中，你最喜歡哪個地方？去了哪裡、做了什麼？還有那個地方的感覺如何？請簡單記錄下來。

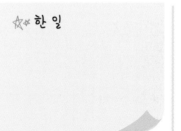

☆☆ 간 곳

☆☆ 한 일

☆☆ 느낌

2) 메모한 내용을 바탕으로 친구하고 이야기하세요.
　　請以記錄下來的內容為基礎跟朋友聊一聊。

3) 친구가 간 여행지 중에서 어디에 가 보고 싶어요? 왜 그렇게 생각해요?
　　朋友去過的旅行地點中，你最想去哪裡？為什麼那麼認為？

읽어요

1 다음은 두엔 씨가 여행을 갔다 와서 쓴 글입니다. 잘 읽고 질문에 답해 보세요.
以下是杜安去旅行回來後寫的文章。請仔細閱讀後，回答問題。

　　저는 여행을 좋아해요. 그래서 한국에서 여행을 많이 해 봤어요. 지금까지 간 곳 중에서 태백이 제일 좋았어요. 태백에는 작년 겨울에 친구하고 같이 갔어요. 태백에 갔을 때 눈이 많이 왔어요. 제 고향에는 눈이 안 와서 저는 그날 눈을 처음 봤어요. 나무도 산도 모두 ㉠하얗고 예뻤어요. 우리는 눈으로 만든 카페에도 들어가 봤어요. 정말 좋았어요.

　　　　　　　　　　　　　　　　　　　　　　　　　→ 樹

1) 두엔 씨는 어디에 여행을 갔어요?
　　杜安去了哪裡旅行？

2) 두엔 씨는 왜 그곳이 가장 좋았다고 했어요?
　　杜安為什麼說他最喜歡那個地方？

3) '㉠하얗고'의 의미가 무엇일까요?
　　「㉠하얗고」的意思是什麼？

써요

1 여러분의 여행 경험을 써 보세요.
請寫一寫大家的旅行經驗。

1) 다음에 대해 메모하세요.
請簡單記錄以下的內容。

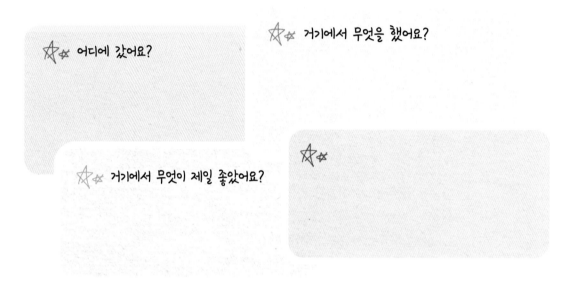

2) 메모한 내용을 바탕으로 글을 쓰세요.
請以記錄下來的內容為基礎寫一篇文章。

발음 **비음화** 鼻音化

● 밑줄 친 부분의 발음에 주의하면서 다음을 들어 보세요.
聆聽以下的內容時，請注意畫底線部分的發音。

1)

> 가 친구랑 경주에 갔다 왔어요.
>
> 나 참 좋았겠네요.

2)

> 가 밥하고 국 더 먹을래요?
>
> 나 밥만 좀 더 주세요.

 收音「ㄱ(ㄲ、ㅋ、ㄳ、ㄺ)、ㄷ(ㅅ、ㅆ、ㅈ、ㅊ、ㅌ、ㅎ)、ㅂ(ㅍ、ㄼ、ㄿ、ㅄ)」在「ㄴ、ㅁ」
之前會發成[ㅇ、ㄴ、ㅁ]的音。

● 다음을 읽어 보세요.
請讀讀以下的內容。

> 1) 한국말을 더 잘하고 싶어요.
>
> 2) 하준 씨는 대학교 삼학년이에요.
>
> 3) 봄이라서 경치가 예뻤겠네요.
>
> 4) 수업이 끝난 후에 만나요.
>
> 5) 요즘 날씨가 참 덥네요.
>
> 6) 다른 건 다 있는데 지갑만 없어요.

● 들으면서 확인해 보세요.
請一邊聽，一邊進行確認。

자기 평가
自我評價

이번 과 공부는 어땠어요? 별점을 매겨 보세요!
這一課學習得如何？請用星星打分數。

| 여행 경험에 대해 묻고 답할 수 있어요? | ☆☆☆☆☆ |

8

옷 사기

買衣服

💡 생각해 봐요 請想想看 081

1 여기는 어디예요? 웨이 씨는 무엇을 사려고 해요?
這是哪裡？王偉打算買什麼？

2 여러분은 어떤 옷을 사고 싶어요?
大家想買什麼樣的衣服？

학습 목표 學習目標

옷 가게에서 옷을 살 수 있다.
能在服飾店買衣服。

- 옷, 색
- -는/(으)ㄴ 것 같다, -(으)ㄹ게요
- 옷 사기

배워요 請學一學

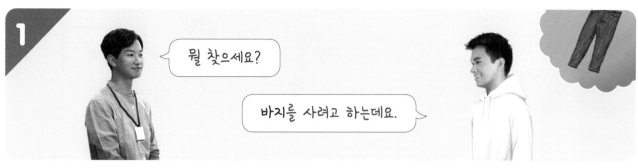

뭘 찾으세요?

바지를 사려고 하는데요.

옷 衣服

정장

한복

교복

양말

속옷

바지　　　청바지　　　반바지　　　치마

셔츠　　　티셔츠　　　블라우스

스웨터　　　카디건　　　점퍼　　　재킷

코트　　　원피스

1 다음과 같이 이야기해 봐요.
請照著以下的範例說說看。

가 뭘 찾으세요?

나 정장을 사려고 하는데요.

① ② ③

④ ⑤ ⑥

⑦ ⑧ ⑨

2 다음에 대해 친구하고 이야기해 봐요.
請針對以下內容跟朋友聊一聊。

가장 많은 옷   자주 입는 옷   사고 싶은 옷

2

이 티셔츠 파란색도 있어요?

네, 있어요.

색 顔色

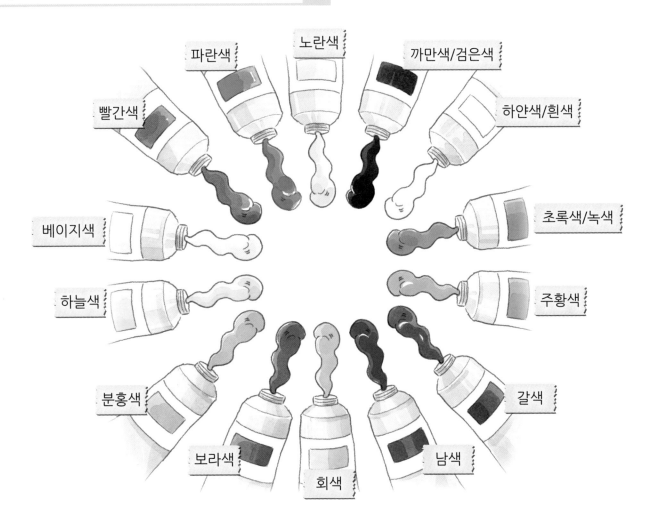

파란색 / 노란색 / 까만색/검은색 / 빨간색 / 하얀색/흰색 / 베이지색 / 초록색/녹색 / 하늘색 / 주황색 / 분홍색 / 갈색 / 보라색 / 남색 / 회색

1) 가 이 빨간색 셔츠는 어떠세요?

    나 그 색은 마음에 안 들어요.

2) 가 지아 씨는 보라색이 정말 잘 어울려요.

                        → 어울리다 適合

    나 고마워요.

1 다음과 같이 이야기해 봐요.
請照著以下的範例說說看。

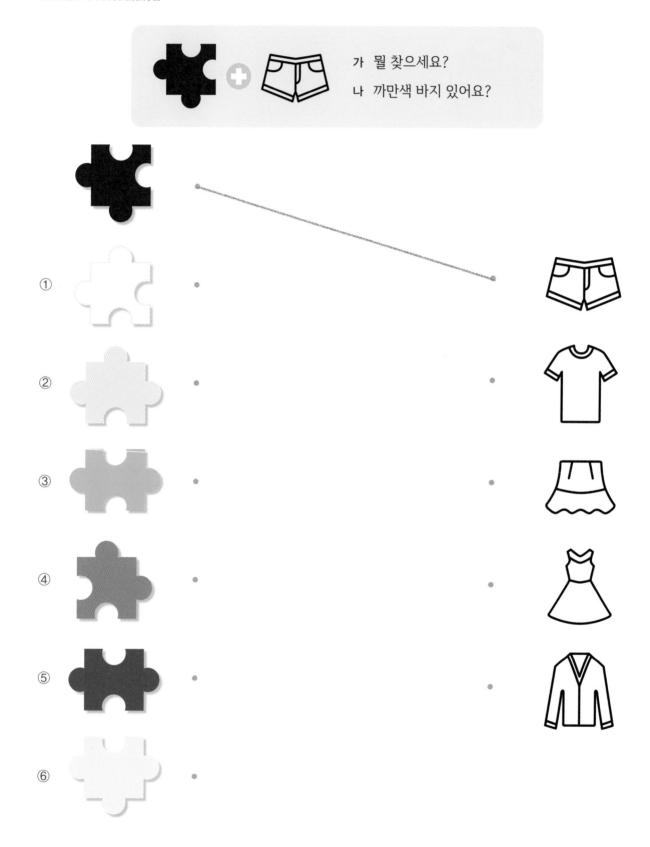

가 뭘 찾으세요?

나 까만색 바지 있어요?

① ② ③ ④ ⑤ ⑥

2 다음에 대해 친구하고 이야기해 봐요.
請針對以下內容跟朋友聊一聊。

| 무슨 색 옷이 많다 | 무슨 색 옷이 적다 | 좋아하는 색 | 싫어하는 색 |

이 치마 입어 봐도 돼요?

네, 입어 보세요.

이 구두 신어 봐도 돼요?

네, 신어 보세요.

이 모자 써 봐도 돼요?

네, 써 보세요.

1 사진을 보고 친구하고 이야기해 봐요.
請看完照片後，跟朋友聊一聊。

1) 가 어떠세요? 마음에 드세요?
   나 이건 저한테 잘 안 어울리는 것 같아요.

2) 가 옷이 잘 맞으세요?
   맞다 合適
   나 아니요, 좀 작은 것 같아요.

3) 가 한국 사람들은 매운 음식을 좋아하는 것 같아요.
   나 그래요? 안 좋아하는 사람들도 많아요.

4) 가 다니엘 씨는 왜 안 와요?
   나 오늘 약속이 있는 것 같아요.
   約會；約定

-는 것 같다/(으)ㄴ 것 같다 🔍

- 어떤 사실이나 상태에 대한 추측을 나타낸다.
  表現對某種事實或狀態的推測。

- 자신의 의견을 겸손하고 부드럽게 이야기할 때 사용하기도 한다.
  也可以用於謙虛溫和地表達自己的意見。

동사, '있다, 없다'		-는 것 같다	먹는 것 같다
			가는 것 같다 노는 것 같다
형용사	받침이 있을 때	-은 것 같다	작은 것 같다
	받침이 없거나 'ㄹ' 받침일 때	-ㄴ 것 같다	큰 것 같다 긴 것 같다

1 다음과 같이 이야기해 봐요.
請照著以下的範例說說看。

> **좀 작다**
>
> 가 어떠세요? 마음에 드세요?
>
> 나 좀 작은 것 같아요.

① 좀 크다

② 잘 맞다

③ 안 어울리다

④ 좀 길다

⑤ 생각보다 편하다

⑥ 색이 좀 어둡다

2 여러분은 우리 반 친구들에 대해서 많이 알고 있어요? 친구는 어떤 것 같아요? 다음과 같이 이야기해 봐요.
大家對於我們班上的同學了解得多嗎?你覺得同學們如何?請照著以下的範例說說看。

> **좋아하는 옷**
>
> 가 ○○ 씨는 무슨 옷을 좋아하는 것 같아요?
>
> 나 셔츠를 좋아하는 것 같아요.

좋아하는 옷

사는 곳

좋아하는 색

3 어떤 것 같아요? 다음에 대해 친구하고 이야기해 봐요.
大家覺得怎麼樣？請針對以下內容跟朋友聊一聊。

한국어 공부	한국 아이돌 가수	?

5

마음에 드세요?

예쁘네요. 이걸로 할게요.

1) 가 어떠세요? 마음에 드세요?

　　나 조금 별로예요. 다음에 올게요.

2) 가 현수 씨, 오늘 또 늦었네요.　又、再

　　나 미안해요. 내일부터는 일찍 올게요.

3) 가 오늘 점심은 제가 살게요.

　　나 그러면 커피는 제가 살게요.

4) 가 무함마드 씨, 언제 올 거예요?

　　나 오늘은 제가 좀 바빠요. 내일 갈게요.

-(으)ㄹ게요 ▽ 🔍

● 자신의 결정이나 상대에 대한 약속을 나타낸다.
　表現自己的決定或是與對方的約定。

● 여러 대상, 물건 가운데 하나를 선택할 때는 '(으)로'를 사용해요.
　在多個對象、物品中選擇一個時，使用「-(으)로」。
　주스로 주세요. 빨간색으로 할게요. 이걸로 살게요.

1 다음과 같이 이야기해 봐요.
請照著以下的範例聊一聊。

> 다음에 오다
>
> 가 이걸로 드릴까요?
> 나 다음에 올게요.

① 다음에 사다

② 以後、下次 → 나중에 다시 오다

③ 조금 더 보다

④ 다른 것도 입어 보다

2 그림을 보고 친구하고 이야기해 봐요.
請看完圖片後，跟朋友聊一聊。

한 번 더 연습해요 請再練習一次

1 다음 대화를 들어 보세요.
請聽聽以下的對話。

1) 여자는 무슨 옷을 사려고 해요?
女子打算買什麼樣的衣服？

2) 여자는 무슨 색의 옷을 사고 싶어 해요?
女子想買什麼顏色的衣服？

2 다음 대화를 연습해 보세요.
請練習以下的對話。

 어서 오세요. 뭘 찾으세요?

원피스를 하나 사려고 하는데요.

 이 노란색 원피스는 어떠세요?

괜찮네요. 입어 봐도 돼요?

 네, 입어 보세요.

어떠세요?

이건 저한테 잘 안 어울리는 것 같아요.
다음에 올게요.

3 여러분도 이야기해 보세요.
　大家也請聊一聊。

1)

　가  나　멋있다

　　　　　　　　　　　잘 맞다

2)

　가 나　좋다

　　　　　　　　　　　좀 크다

3)

　가 나　괜찮다

　　　　　　　　　　　색이 너무 어둡다

4)

　가 나　괜찮다

　　　　　　　　　　　잘 어울리다

이제 해 봐요 請在請試一試

들어요

1 다음은 옷 가게에서의 대화입니다. 잘 듣고 질문에 답하세요.

以下是服飾店裡的對話。請仔細聽完後，回答問題。

1) 남자는 무슨 옷을 샀어요? 쓰세요.

男子買了什麼樣的衣服？請寫下來。

2) 들은 내용과 같으면 ◯, 다르면 ✕에 표시하세요.

與聽到的內容一致時請標示 ◯，不同請標示 ✕。

① 남자는 짧은 옷을 사고 싶어 해요.

② 남자는 회색 옷을 입어 봤어요.

읽어요

1 다음은 옷을 산 경험에 대해 쓴 글입니다. 잘 읽고 질문에 답해 보세요.

以下是關於購買衣服經驗的文章。請仔細閱讀後，回答問題。

　　주말에 옷을 사러 백화점에 갔어요. 여름 치마를 사고 싶었어요. 백화점에는 예쁜 옷들이 많았어요. 초록색 치마를 입어 봤는데 조금 긴 것 같았어요. 그리고 많이 비쌌어요. 안 사고 백화점에서 나왔어요. 백화점 근처에 작은 옷 가게가 하나 있었어요. 들어가서 구경을 했어요. 파란색 치마가 예뻐서 입어 봤어요. 나한테 잘 어울리고 싸서 그 치마를 샀어요.

1) 이 사람은 무슨 옷을 사러 갔어요?

這個人要去買什麼樣的衣服？

2) 이 사람은 백화점에서 왜 옷을 안 샀어요?

這個人為什麼沒有在百貨公司買衣服？

3) 이 사람은 무슨 옷을 샀어요? 왜 그 옷을 샀어요?

這個人買了什麼衣服？為什麼買了那件衣服？

말해요

1 점원과 손님이 되어 옷 가게에서 옷을 사고팔아 보세요.
請分別扮成店員和顧客，試著在服飾店買賣衣服。

1) 여러분은 무슨 옷을 사고 싶어요? 사고 싶은 옷, 색, 가격을 메모하세요.
   大家想買什麼樣的衣服？請簡單記錄想買的衣服、顏色和價格。

☆ 옷의 종류	☆ 색	☆ 가격
✓ 블라우스	✓ 분홍색	✓ 20,000원 정도

2) 여러분의 옷 가게에는 무슨 옷이 있어요? 얼마예요? 가격을 메모하세요.
   大家的服飾店裡有什麼衣服？多少錢？請簡單記錄衣服的價格。

₩12,000

3) 옷을 사고파세요.
   請試著買賣衣服。

1 여러분이 좋아하는 옷에 대해 써 보세요.
請寫一寫大家喜歡的衣服。

1) 다음에 대해 메모하세요.
請簡單記錄以下的內容。

☆☆ 어떤 옷을 좋아해요?

☆☆ 어떤 옷을 자주 입어요?

☆☆ 무슨 색을 좋아해요?

☆☆ 어떤 옷이 잘 어울려요?

2) 메모를 바탕으로 글을 쓰세요.
請以記錄的內容為基礎寫一篇文章。

문화 한국인과 색 韓國人與顏色

● 한국을 대표하는 색은 무슨 색일까요?
代表韓國的顏色是什麼？

韓國傳統上較為偏好將各種顏色協調地混合在一起使用。

● 한국 사람이 좋아하는 색은 어떤 색일까요?
韓國人喜歡哪些顏色？

根據調查，韓國人最喜歡的顏色是藍色，其次是綠色和紫色，再來是靛藍色。顯示出將近半數的受訪者喜歡藍色系的顏色。

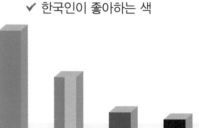
✔ 한국인이 좋아하는 색

파란색　초록/보라　남색　까만색

然而在最喜歡的衣服顏色中，黑色獲得了壓倒性的支持，這可能是因為人們覺得黑色不受季節限制，是所有顏色中最時尚、最經典而又最具權威的顏色。但在為體育賽事加油助威時，要記得準備一件充滿激情的紅色T恤喔！

● 여러분 나라에서는 어떤 색이 인기가 많아요? 친구하고 이야기해 보세요.
在大家的國家哪種顏色最受歡迎？請跟朋友聊一聊。

자기 평가
自我評價

이번 과 공부는 어땠어요? 별점을 매겨 보세요!
這一課學習得如何？請用星星打分數。

옷 가게에서 옷을 살 수 있어요?	

9

축하와 위로

祝賀與安慰

091

생각해 봐요 請想想看 091

1 오늘은 무슨 날이에요? 지아 씨는 기분이 어떤 것 같아요?
今天是什麼日子？智雅的心情看起來如何？

2 여러분은 오늘 기분이 어때요?
大家今天的心情如何？

학습 목표 學習目標

축하와 위로를 할 수 있다.
能表達祝賀與安慰。

- 기분·감정, 축하하는 일, 위로하는 일
- -는데/(으)ㄴ데, -(으)ㄹ 것이다
- 축하하기, 위로하기

배워요 請學一學

1

기분이 어때요?

너무 행복해요.

기분·감정 心情·情感

행복하다

기쁘다

걱정되다

외롭다

무섭다

슬프다

짜증이 나다

화가 나다

 기분이 좋다

 기분이 안 좋다

 기분이 나쁘다

1) 가 기분이 안 좋아요?
   나 네, 좀 짜증이 나요.

2) 가 무슨 좋은 일 있어요?
   나 네, 시험이 끝나서 정말 기뻐요.

1 알맞은 것을 연결하고 다음과 같이 이야기해 봐요.
請將相符的內容連接起來，並照著以下的範例說說看。

> 가 무슨 일 있어요?
> 나 내일 시험이 있어요. 너무 걱정돼요.

① 나만 여자 친구가 없다	•	• 기쁘다
② 내일 시험이 있다	•	• 외롭다
③ 친구가 제 생일을 모르다	•	• 슬프다
④ 기숙사에 혼자 있다	•	• 걱정되다
⑤ 친구가 고향으로 돌아가다	•	• 화가 나다
⑥ 좋아하는 가수의 콘서트에 가다	•	• 무섭다

2 여러분은 언제 기분이 좋아요? 언제 화가 나요? 친구하고 이야기해 봐요.

大家什麼時候心情會很好？什麼時候會感到生氣？請跟朋友聊一聊。

기분이 좋다	외롭다	짜증이 나다
행복하다	무섭다	화가 나다

맛있는 음식을 먹다

잠을 못 자다

돈이 없다

날씨가 좋다

비가 오다

배가 고프다

밤에 집에 혼자 있다

선물을 받다 → 收到

?

숙제가 많다

아프다

친구가 전화를 안 하다

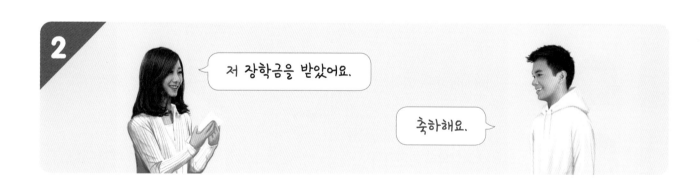

2

저 장학금을 받았어요.

축하해요.

시험을 잘 보다

장학금을 받다

시험에 합격하다

아르바이트를 구하다

회사에 취직하다

승진하다

남자/여자 친구가 생기다

결혼하다

- '결혼하다'는 미래의 일이라도 '결혼할 거예요'라고 말하지 않고 '결혼해요'라고 말해요.
  「결혼하다」即使是未來會發生的事，也不會說「결혼할 거예요」，而是說「결혼해요」。
  저 다음 달에 결혼해요.

1 사진을 보고 친구하고 이야기해 봐요.
請看完照片後，跟朋友聊一聊。

①

②

③

④

2 여러분은 최근에 무슨 좋은 일이 있었어요? 친구하고 이야기해 봐요.
大家最近有什麼開心的事嗎？請跟朋友聊一聊。

3

무슨 일 있어요?

저 시험에 떨어졌어요.

어떡해요?

위로하는 일 需要安慰的事

시험을 잘 못 보다

시험에 떨어지다

발표할 때 실수하다

물건을 잃어버리다

물건이 고장 나다

남자/여자 친구하고 헤어지다

동생이 아프다
할아버지가 편찮으시다

할머니가 돌아가시다
강아지가 죽다

1 그림을 보고 친구하고 이야기해 봐요.
請看完圖片後，跟朋友聊一聊。

①

②

③

④

2 여러분은 최근에 무슨 안 좋은 일이 있었어요? 친구하고 같이 이야기해 봐요.
大家最近有什麼不好的事嗎？請跟朋友聊一聊。

어제 시험을 봤는데 잘 못 봤어요.

어떡해요?

1) 가 무슨 일 있어요?
   나 어제 휴대폰을 새로 샀는데 잃어버렸어요.

2) 가 밖에 비가 오는데 우산 있어요?
   나 네, 이거 쓰세요.

3) 가 다니엘 씨, 얼굴이 안 좋은데 어디 아파요?
   나 아니요, 그냥 좀 피곤하네요. → 就那樣

4) 가 내일 면접을 보는데 좀 도와줄 수 있어요? → 面試
   나 그래요. 제가 도와줄게요.

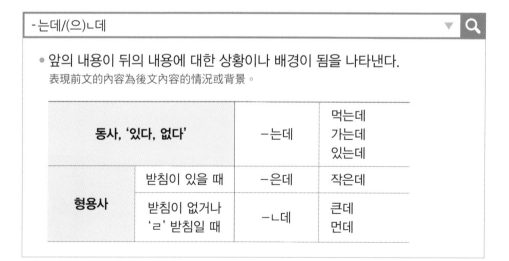

- 는데/(으)ㄴ데

• 앞의 내용이 뒤의 내용에 대한 상황이나 배경이 됨을 나타낸다.
表現前文的內容為後文內容的情況或背景。

동사, '있다, 없다'		-는데	먹는데 가는데 있는데
형용사	받침이 있을 때	-은데	작은데
	받침이 없거나 'ㄹ' 받침일 때	-ㄴ데	큰데 먼데

1 다음과 같이 이야기해 봐요.
請照著以下的範例說說看。

> 내일 면접이 있다, 몸이 안 좋다
>
> 가 내일 면접이 있는데 몸이 안 좋아요.
> 나 어떡해요?

① 오늘 등산을 가다, 밖에 비가 오다

② 배가 아프다, 휴지가 없다

③ 내일 면접을 보다, 얼굴에 뭐가 났다

④ 지갑을 선물 받았다, 잃어버렸다

⑤ 어제 옷을 샀다, 작다

⑥ 내일부터 방학이다, 아르바이트가 있어서 고향에 못 가다

2 다음과 같이 이야기해 봐요.
請照著以下的範例說說看。

> 내일 발표를 하다, 친구가 도와줬다
>
> 가 내일 발표를 하는데 친구가 도와줬어요.
> 나 잘됐네요.

① 동생이 중국에 살다, 내일 한국에 놀러 오다

② 지난주에 면접을 봤다, 합격했다

③ 좋아하는 사람이 있다, 그 사람도 날 좋아하다

④ 어제 명동에 갔다, 영화배우를 봤다

저 또 시험에 떨어졌어요.

괜찮아요. 다음에는 꼭 합격할 거예요.

1) 가 다음 주에 면접이 있는데 너무 걱정돼요.

　　나 걱정하지 마세요. 잘할 거예요.
　　　　↳ 請別擔心

2) 가 이거 지아 씨 주려고 하는데 어때요?

　　나 예쁘네요. 지아 씨가 좋아할 거예요.

3) 가 내일 숙제가 있어요?

　　나 저도 오늘 학교에 안 가서 몰라요. 아마 없을 거예요.
　　　　　　　　　　　　　　　　　　↳ 大概、可能

4) 가 불고기는 매워요?

　　나 글쎄요. 저도 아직 안 먹어 봤어요. 아마 안 매울 거예요.
　　　　↳ 這個嘛、不好說

-(으)ㄹ 것이다 　　　　　　　　　　　　　　▼ 🔍
• 어떤 사실이나 상태에 대한 추측을 나타낸다. 　表現對某種事實或狀態的推測。

1 다음과 같이 알맞은 것을 연결하고 이야기해 봐요.
請照著以下的範例將相符的內容連結，並說說看。

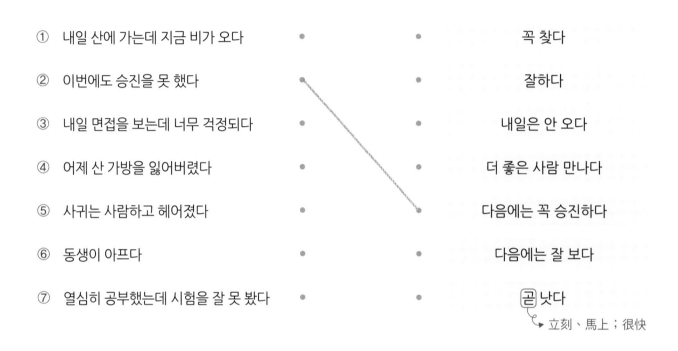

> 가 저 이번에도 승진을 못 했어요.
> 나 괜찮아요. 다음에는 꼭 승진할 거예요.

① 내일 산에 가는데 지금 비가 오다 ● ● 꼭 찾다

② 이번에도 승진을 못 했다 ● ● 잘하다

③ 내일 면접을 보는데 너무 걱정되다 ● ● 내일은 안 오다

④ 어제 산 가방을 잃어버렸다 ● ● 더 좋은 사람 만나다

⑤ 사귀는 사람하고 헤어졌다 ● ● 다음에는 꼭 승진하다

⑥ 동생이 아프다 ● ● 다음에는 잘 보다

⑦ 열심히 공부했는데 시험을 잘 못 봤다 ● ● 곧 낫다
　　　　　　　　　　　　　　　　　　　　　　　　　→ 立刻、馬上；很快

2 다음과 같이 이야기해 봐요.
請照著以下的範例說說看。

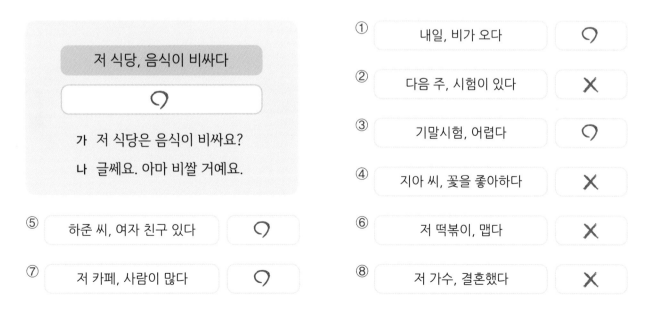

저 식당, 음식이 비싸다
ᄀ

가 저 식당은 음식이 비싸요?
나 글쎄요. 아마 비쌀 거예요.

① 내일, 비가 오다　ᄀ
② 다음 주, 시험이 있다　✕
③ 기말시험, 어렵다　ᄀ
④ 지아 씨, 꽃을 좋아하다　✕
⑤ 하준 씨, 여자 친구 있다　ᄀ
⑥ 저 떡볶이, 맵다　✕
⑦ 저 카페, 사람이 많다　ᄀ
⑧ 저 가수, 결혼했다　✕

한 번 더 연습해요 請再練習一次

1 다음 대화를 들어 보세요.
請聽聽以下的對話。

1) 지아 씨는 지금 기분이 어때요?
   智雅現在心情如何？

2) 지아 씨는 무슨 일이 있었어요?
   智雅發生了什麼事？

2 다음 대화를 연습해 보세요.
請練習以下的對話。

 지아 씨, 무슨 일 있어요?
오늘 기분이 안 좋은 것 같아요.

동생이 감기에 걸렸는데
기침을 많이 하고 잠도 못 자요.

 어떡해요? 걱정되겠네요.

동생이 빨리 나으면 좋겠어요.

3 여러분도 이야기해 보세요.
大家也請聊一聊。

1)

가
기분이 안 좋다

걱정되다

나
내일 면접이 있다,
준비를 많이 못 했다

면접을 잘 보다

2)

가
기분이 좋다

행복하다

나
지난달에 시험을 봤다,
합격했다

다음 시험에도 합격하다

3)

가
기분이 안 좋다

짜증이 나다

나
어제 가방을 샀다,
잃어버렸다

찾을 수 있다

4)

가
기분이 좋다

기쁘다

나
아르바이트 면접을 봤다,
합격했다

일이 재미있다

現在請試一試

 들어요

1 다음은 두 사람의 대화입니다. 잘 듣고 질문에 답하세요.

以下是兩個人的對話。請仔細聽完後，回答問題。

1) 여자는 지금 기분이 어때요?

女子現在心情如何？

2) 들은 내용과 같으면 ◯, 다르면 ✕에 표시하세요.

與聽到的內容一致時請標示 ◯，不同請標示 ✕。

① 여자는 이번 주에 면접을 볼 거예요.　　　　◯　✕

② 여자는 남자하고 같이 면접을 준비할 거예요.　◯　✕

읽어요

1 다음은 웨이 씨의 생일 이야기입니다. 잘 읽고 질문에 답해 보세요.

以下是關於王偉生日的內容。請仔細閱讀後，回答問題。

　　저는 작년 겨울에 한국에 왔어요. 한국 생활은 모든 것이 다 재미있어요. 그렇지만 가족
　　　　　　　　　　　　　　　　　　└➤ 所有事物
들이 보고 싶어서 가끔 외롭고 힘들 때도 있어요.

　　지난주 금요일은 제 생일이었어요. 그렇지만 그날도 저는 혼자 아침을 먹고 학교에 갔
어요. 교실에 갔을 때 친구들이 생일 노래를 불러 주고 선물도 줬어요. 가족은 옆에 없었
지만 좋은 친구들이 있어서 행복한 생일이었어요.

1) 웨이 씨의 생일은 언제예요?

王偉的生日是什麼時候？

2) 읽은 내용과 같으면 ○, 다르면 ✕에 표시하세요.
與閱讀的內容一致時請標示 ○，不同請標示 ✕。

① 웨이 씨는 생일에 가족하고 같이 있었어요.　　　　○　✕

② 웨이 씨는 친구들한테 생일 선물을 받았어요.　　　　○　✕

③ 웨이 씨는 생일에 기분이 정말 안 좋았어요.　　　　○　✕

말해요

1 친구들하고 축하할 일이나 위로할 일을 이야기해 보세요.
請跟朋友聊一聊值得慶祝或需要安慰的事。

1) 요즘 좋은 일이 있어요? 아니면 걱정되거나 힘든 일이 있어요? 생각해 보세요.
最近有什麼開心的事嗎？或是有什麼擔心或感到辛苦的事嗎？請想想看。

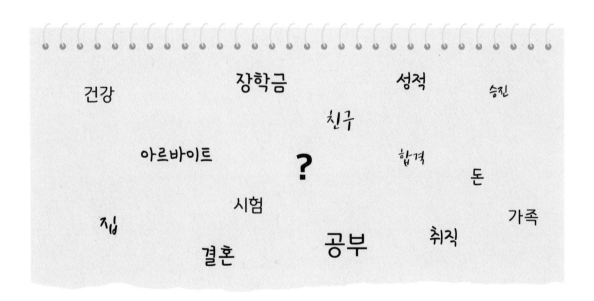

2) 친구한테 좋은 일이나 걱정되는 일을 이야기하세요. 그리고 여러분도 친구의 이야기를 듣고 축하나
위로를 해 주세요.
請跟朋友聊一聊開心或擔心的事。也請大家在聽完朋友的故事後，給與祝賀或是安慰。

써요

1 축하나 위로를 받은 경험을 써 보세요.
請寫下曾經得到祝賀或安慰的經驗。

1) 다음에 대해 생각해 보세요.
請想想看以下的內容。

- 언제 무슨 일로 축하/위로를 받았어요?
  是在何時、因為什麼事情得到過祝賀或安慰？

- 누구한테 축하/위로를 받았어요?
  從誰那得到了祝賀或安慰？

- 그때 기분이 어땠어요?
  當時的心情如何？

2) 생각한 내용을 바탕으로 글을 쓰세요.
請以想到的內容為基礎寫一篇文章。

3) 친구의 글을 읽고 무슨 말을 해 줄 수 있을까요? 생각해 보세요.
請讀完朋友寫的文章後，想一想能對他說些什麼？

발음 소리 내어 읽기 2 朗讀 2

● 다음을 읽어 보세요. 시간이 얼마나 걸렸어요? (094)
請讀出以下的內容。花了多長時間?

1)
우리 오빠는 지금 한국에 없어요. 미국에서 유학 중이에요. 언어학을 공부하고 있어요. 어렸을 때부터 항상 오빠와 함께 지냈는데 지금 오빠가 옆에 없으니까 많이 보고 싶어요. 미국하고 시간이 달라서 전화하는 것도 힘들어요. 오늘 밤에는 꼭 영상 통화를 하고 잘 거예요.

2)
저는 홍대에 자주 가요. 홍대에는 구경할 것이 많아요. 액세서리 가게도 많고 옷 가게도 많이 있어요. 그리고 맛있는 식당도 많고요. 여러 나라의 다양한 음식을 맛볼 수 있어서 좋아요. 홍대를 좋아하는 제일 큰 이유는 여러 음악을 들을 수 있기 때문이에요. 음악을 들으면서 홍대 거리를 걸으면 아주 행복해요.

● 다시 읽어 보세요. 이번에는 틀리지 말고 정확히 읽어 보세요.
請再讀一次。這次請不要讀錯,準確地讀出來。

● 다시 읽어 보세요. 이번에는 30초 안에 읽어 보세요.
請再讀一次。這次請在30秒內讀完。

자기 평가
自我評價

이번 과 공부는 어땠어요? 별점을 매겨 보세요!
這一課學習得如何?請用星星打分數。

축하와 위로를 할 수 있어요?	☆☆☆☆☆

10

안부

問候

생각해 봐요 請想想看

1 두 사람은 친구예요?
這兩個人是朋友嗎？

2 여러분은 요즘 어떻게 지내요?
大家最近過得如何？

학습 목표 學習目標

오래간만에 만난 친구하고 안부를 묻고 답할 수 있다.
能與久未見面的朋友相互問候。

● 근황, 관계
● 반말(-아/어/여), 반말(-야), -(으)ㄹ
● 안부 묻고 답하기

배워요 請學一學

1

오래간만이에요.

네. 정말 오래간만이에요.

그동안 잘 지냈어요?

네. 덕분에 잘 지냈어요.

오랜만이에요.

네. 정말 오랜만이에요.

요즘 어떻게 지내요?

덕분에 잘 지내요.

근황 近況 ▼ 🔍

잘 지내다　　　　별일 없다　　　　정신없이 바쁘다　　　　잘 못 지내다

1 다음과 같이 이야기해 봐요.
請照著以下的範例說說看。

> **덕분에 잘 지내다**
>
> 가 그동안 잘 지냈어요?
> 나 덕분에 잘 지냈어요.

① 잘 지내다　　② 별일 없다

③ 정신없이 바쁘다　　④ 좀 아프다

2 친구는 요즘 어떻게 지내요? 이야기해 봐요.
朋友最近過得如何？請說說看。

2

이 사람은 누구예요?

우리 회사 동료예요.

관계 關係

선배

후배

과 동기

반 친구

룸메이트

사장님

직장 상사

나

회사 동료

부하 직원

1) 가 요즘에도 과 동기들하고 자주 만나요?

   나 아니요, 바빠서 연락도 못 하고 있어요.
      → 연락하다 聯絡

2) 가 이 식당에 처음 왔어요?

   나 아니요, 사장님하고 몇 번 와 봤어요.

> • '선배, 선배님, 사장님'은 사람을 부를 때도 사용해요.
>   在稱呼別人時也會使用「선배、선배님、사장님」。

1 다음과 같이 이야기해 봐요.
   請照著以下的範例說說看。

직장 상사

가 이 사람은 누구예요?
나 직장 상사예요.

① 과 동기

② 후배

③ 회사 동료

④ 반 친구

2 여러분의 휴대폰에는 누구 사진이 있어요? 친구들한테 소개해 봐요.
   大家的手機裡有誰的照片？請向朋友介紹一下。

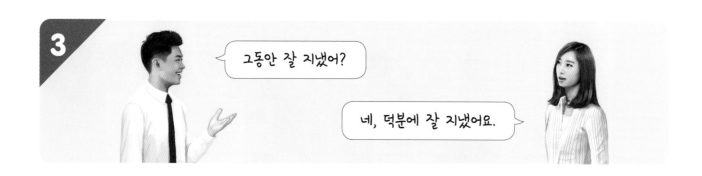

그동안 잘 지냈어?

네, 덕분에 잘 지냈어요.

1) 가 그동안 잘 지냈어?

　　나 응, 잘 지냈어. 너도 잘 지냈지?
　　　　　　　　　　└→ 你

2) 가 요즘 어떻게 지내?

　　나 다음 주에 시험이 있어서 정신없이 바빠.

3) 가 지난 주말에도 일했어?

　　나 아니, 지난 주말에는 오랜만에 집에서 푹 쉬었어.
　　　　　　　　　　　　　　　　　└→ 充分地（休息）、沉（睡）

4) 가 점심 먹으러 갈래?

　　나 응, 좋아. 뭐 먹고 싶어?
　　　　　　　　　　　┌→ 聚會
5) 가 오늘 모임에 지아는 안 와?

　　나 나도 잘 모르겠어. 지금 전화해 볼게.
　　　　　　　　　　　　┌→ 很長時間、很久
6) 가 늦어서 미안해. 오래 기다렸지?

　　나 아니, 나도 조금 전에 왔어. 뭐 마실래?

7) 가 많이 늦었네. 저녁은 먹고 왔어?

　　나 응, 사장님께서 사 주셨어.

반말 1(-아/어/여)　▼　🔍

- 반말은 나이가 많은 사람이 나이가 어린 사람한테 또는 나이가 비슷한 친구나 동료 사이에서 사용한다. 대부분의 경우 아래와 같이 '-아요/어요/여요'체에서 '요'를 빼면 반말이 된다.

　平語用於年長者對年幼者、年齡相近的朋友或同事之間。大多數的情況只要像下面那樣將「-아요/어요/여요」體中的「요」去掉即可變成平語。

-아요/어요/여요	→	-아/어/여
-았어요/었어요/였어요	→	-았어/었어/였어
-지요?	→	-지?
-(으)ㄹ게요	→	-(으)ㄹ게
-(으)ㄹ래요?	→	-(으)ㄹ래?

- '네'의 반말은 '응'이고, '아니요'의 반말은 '아니'예요. 일상 대화에서는 '응' 대신에 '어'를 쓰기도 해요.

　「네」的平語是「응」、「아니요」的平語是「아니」。在日常生活中，也會以「어」代替「응」來使用。

1 지금 뭐 해요? 어제 뭐 했어요? 친구하고 반말로 묻고 대답해 봐요.
現在在做什麼？昨天做了什麼？請跟朋友用平語來進行提問與回答。

①

②

③

④

⑤

⑥

⑦

⑧

⑨

2 다음 대화를 반말로 바꿔서 이야기해 봐요.
請將以下的對話換成平語說說看。

① 가 어디에서 왔어요?

베트남에서 왔어요. 나

② 가 영화 보는 것을 좋아해요?

네, 좋아해요. 나

③ 가 졸업한 후에 무슨 일을 하고 싶어요?

저는 대학원에 가려고 해요. 나

④ 가 보통 주말에 뭐 하세요?

한강에서 자전거를 타요. 나

⑤ 가 사장님을 뵈러 왔는데요. 계세요?

→ 뵈다 拜會、拜訪

아니요, 조금 전에 퇴근하셨어요. 나

⑥ 가 할머니께서는 건강하세요?

좀 편찮으셨는데 이제 괜찮으세요. 나

3 여러분은 오늘 뭐 해요? 어제 뭐 했어요? 친구하고 반말로 묻고 대답해 봐요.
大家今天要做什麼？昨天做了什麼？請跟朋友用平語來進行提問與回答。

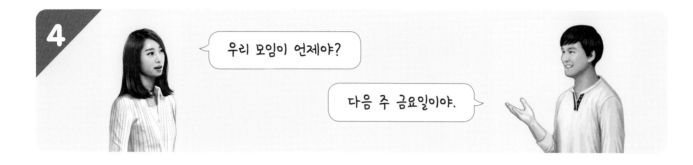

우리 모임이 언제야?

다음 주 금요일이야.

1) 가 지금 몇 시야?
   나 세 시 삼십 분이야.

2) 가 이거 지아 가방이야?
   나 응, 지아 거야.

3) 가 저 남자가 네 남자 친구야?　　你的
   나 아니, 내 남자 친구 아니야. 과 선배야.

4) 가 오랜만이야. 그동안 잘 지냈어?
   나 정말 오랜만이야. 너도 잘 지냈지?

5) 가 수업 끝나고 뭐 할 거야?
   나 친구 만나서 식당에 갈 거야.

6) 가 주말에 뭐 할 거야?
   나 아직은 약속 없는데, 왜?

반말 2(-야)	▼ 🔍

- '-야'는 '이다', '아니다'에 붙는 반말체 어미이다.
  「-야」是加在「이다」、「아니다」之後的平語體語尾。

- 계획이나 예정을 나타내는 '-(으)ㄹ 것이다'의 반말은 '-(으)ㄹ 것이야'지만 일상 대화에서는 '-(으)ㄹ 거야'를 더 많이 사용한다.
  表現計畫或打算的「-(으)ㄹ 것이다」的平語雖然是「-(으)ㄹ 것이야」，但在日常對話中，「-(으)ㄹ 거야」更常被使用。

1 다음에 대해 반말로 묻고 대답해 봐요.

請針對以下的內容用平語進行提問與回答。

① 몇 월?　8월

② 월요일?　화요일

③ 어느 나라 사람?　중국 사람

④ 중국 사람?　한국 사람

⑤ 누구 전화?　웨이 전화

⑥ 선배?　친구

⑦ 사무실 어디?　저기

⑧ 학생?　선생님

⑨ 모임 언제?　금요일 저녁

2 다음과 같이 이야기해 봐요.

請照著以下的範例說說看。

가 수업 끝나고 뭐 할 거야?

나 친구하고 게임을 할 거야.

①

②

③

④

⑤

⑥

⑦

⑧

⑨

3 여러분은 오늘 수업이 끝나고 뭐 할 거예요? 이번 주말에 뭐 할 거예요? 친구하고 반말로 이야기해 봐요.
大家今天下課後要做什麼？這個週末要做什麼？請跟朋友用平語聊一聊。

5

콜라 더 마실 사람 있어?

어, 나.

1) 가 지아야, 이게 뭐야?
    나 어머니한테 드릴 선물이에요.

2) 가 할 말이 있는데 지금 시간 괜찮아요?
    나 네, 이야기하세요.

3) 가 영진아, 이사 갈 집은 찾았어?
    나 아니, 아직 못 찾았어.

4) 가 요즘도 책 많이 읽어?
    나 아니, 요즘은 바빠서 책 읽을 시간이 별로 없어.

-(으)ㄹ   🔍

- 동사에 붙어 뒤에 오는 명사를 수식한다. 그 동작이 앞으로 일어남을 나타낸다.
  「-(으)ㄹ」加在動詞之後用來修飾後面的名詞，表現該動作將在未來發生。

- 자신보다 어리거나 자신과 나이가 같은 한국 사람의 이름을 부를 때는 이름 뒤에 '아', '야'를 붙여요. 외국 사람의 이름 뒤에는 붙이지 않아요.
  稱呼比自己年幼或跟自己同齡的韓國人名字時，會在名字後面加上「아」、「야」，外國人名後面則不加。
  가 하준아, 안녕?
  나 응, 지아야. 일찍 왔어?

1 다음과 같이 이야기하세요.
請照著以下的範例說說看。

선물, 친구한테 주다

가 이게 뭐야?
나 친구한테 줄 선물이야.

① 음식, 저녁에 먹다

② 化妝品
화장품, 친구한테 선물하다

③ 책, 여행 가서 읽다

④ 과자, 친구들하고 먹다

⑤ 볼펜, 모임에서 쓰다

⑥ 정장, 수료식 때 입다

2 여러분은 요즘 바빠요? 외로워요? 얼마나 바쁜지, 얼마나 외로운지 친구하고 이야기해 봐요.
大家最近忙嗎？覺得孤單嗎？請跟朋友聊一聊你有多忙、多孤單。

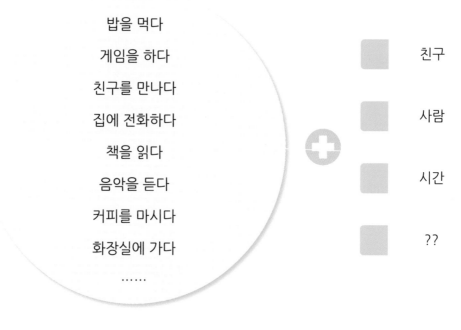

밥을 먹다
게임을 하다
친구를 만나다
집에 전화하다
책을 읽다
음악을 듣다
커피를 마시다
화장실에 가다
······

＋

친구

사람

시간

??

가 요즘 바빠?
나 응, 밥 먹을 시간도 없어.

가 요즘 외로워?
나 응, 같이 밥을 먹을 친구도 없어.

한 번 더 연습해요 請再練習一次

1 다음 대화를 들어 보세요. 請聽聽以下的對話。

1) 하준 씨와 슬기 씨는 요즘 어떻게 지내요? 夏俊和瑟琪最近過得如何？

2) 두 사람은 무엇에 대해 이야기해요? 兩個人在聊什麼呢？

2 다음 대화를 연습해 보세요. 請練習以下的對話。

 하준아, 안녕. 오래간만이야.

어, 슬기야. 정말 오랜만이야.

그동안 어떻게 지냈어?

잘 지냈어. 너는 요즘 어떻게 지내?

 나는 요즘 취직 준비를 하고 있어.

3 여러분도 이야기해 보세요. 大家也請聊一聊。

1)
가 식당에서 아르바이트를 하다 나 잘 지내다

2)
가 이사 갈 집을 찾다 나 정신없이 바쁘다

3)
가 대학교 입학 준비를 하다 나 별일 없다

4)
가 베트남어를 배우러 다니다 나 덕분에 잘 지내다

이제 해 봐요 現在請試一試

들어요

1 다음은 안부를 묻는 두 사람의 대화입니다. 잘 듣고 질문에 답해 보세요.
以下是兩個人互相問候的對話。請仔細聽完後，回答問題。

1) 두 사람은 어떤 관계예요?
兩個人是什麼關係？

① 직장 동료　　　　　② 과 동기　　　　　③ 학교 선후배

2) 들은 내용과 같으면 ◯, 틀리면 ✗ 에 표시하세요.
與聽到的內容一致時請標示 ◯，不同請標示 ✗。

① 남자는 대학원에 가려고 해요.　　　　◯　✗

② 여자는 그동안 모임에 자주 못 왔어요.　◯　✗

③ 두 사람은 어제 같이 밥을 먹었어요.　　◯　✗

말해요

1 1급 때의 반 친구들은 그동안 어떻게 지냈는지 묻고 대답해 보세요.
讀1級時的班上同學這段時間過得如何？請進行提問與回答。

1) 1급이 끝난 후부터 지금까지 어떻게 지냈는지 메모하세요.
1級結束後到現在他們過得如何？請簡單記錄下來。

☆ 한국어 공부　　　☆ 한국 생활　　　☆

2) 1급 때의 친구들을 만나서 어떻게 지냈는지 묻고 대답하세요.
請與1級的同學見面，針對他們這段時間的近況進行提問與回答。

읽어요

1 다음은 웨이 씨가 친구하고 주고받은 문자 메시지입니다. 잘 읽고 질문에 답해 보세요.
以下是王偉跟朋友互相傳送的文字簡訊。請仔細閱讀後，回答問題。

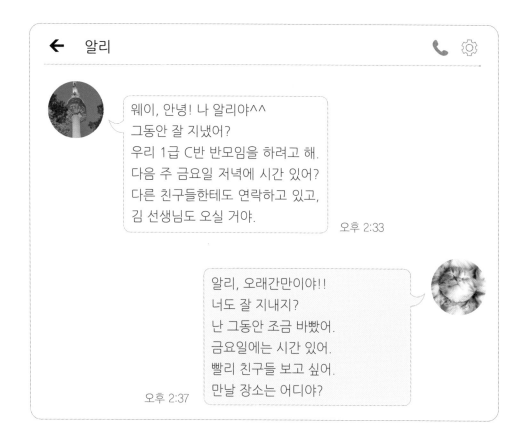

← 알리 📞 ⚙️

웨이, 안녕! 나 알리야^^
그동안 잘 지냈어?
우리 1급 C반 반모임을 하려고 해.
다음 주 금요일 저녁에 시간 있어?
다른 친구들한테도 연락하고 있고,
김 선생님도 오실 거야.
오후 2:33

알리, 오래간만이야!!
너도 잘 지내지?
난 그동안 조금 바빴어.
금요일에는 시간 있어.
빨리 친구들 보고 싶어.
오후 2:37   만날 장소는 어디야?

1) 알리 씨는 왜 문자를 보냈어요?
愛麗為什麼傳簡訊？

2) 읽은 내용과 같은 것을 고르세요.
請選出與所讀內容一致的選項。

① 모임은 다음 주 금요일에 할 거예요.

② 웨이 씨는 바빠서 모임에 안 갈 거예요.

써요

1 여러분도 문자 메시지를 보내 보세요.
大家也請試著傳送文字簡訊。

1) 1급 때 반 친구 중에서 반말로 문자를 보낼 친구를 생각해 보세요.
請想想看1級的班上同學中可以用平語傳送簡訊的對象。

2) 어떤 내용으로 문자를 보낼지 생각해 보세요.
請想想看要傳送什麼內容的簡訊。

3) 문자로 보내기 전에 먼저 쓰세요.
傳送簡訊之前請先寫下來。

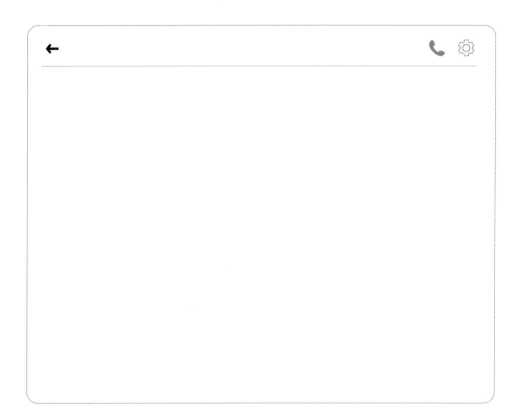

4) 위에 쓴 내용을 친구한테 문자로 보내세요.
請將上面寫下的內容用簡訊傳送給朋友。

문화 **지칭어·호칭어** 稱謂·稱呼

● 여러분은 한국어에서 사람을 가리킬 때 사용하는 말을 알아요?
大家知道在韓語中是用什麼詞來指稱一個人嗎？

저는... 나는...

指稱自己的第一人稱有「저」、「나」。

너는...

第二人稱有「너」。

그 남자가... 그 애가...

第三人稱有「그 애(개)」、「그 사람」、「그 남자」、「그 여자」。

「지아 씨」、「사장님」、「선배」等這些表示名字、職位、與自己的關係的詞也可以用於稱呼。

● 사람을 부를 때는 어떻게 할까요? 要如何稱呼別人？

稱呼別人時最常使用的是名字，但也會使用像「선배님」、「사장님」這些呈現出與自身的關係或此人的職位等稱呼，還有像「언니」、「누나」、「오빠」、「형」等表示家人稱謂的詞。

● 한국 사람들처럼 다른 사람들을 가리키거나 불러 봐요.
試著像韓國人那樣指稱或是稱呼別人吧。

자기 평가
自我評價

이번 과 공부는 어땠어요? 별점을 매겨 보세요!
這一課學習得如何？請用星星打分數。

오래간만에 만난 친구하고 안부를 묻고 답할 수 있어요?

정답

1과 자기소개

들어요

1) **지금**: 어학원에서 한국어를 공부하고 있어요.
   앞으로: 한국어 선생님이 되고 싶어 해요.
2) ②

읽어요

1) 회사원이에요.
2) 2년 전에 독일 대학에서 한국어를 배웠어요.
3) 독일에 가려고 해요.

2과 위치

들어요

1) 현금인출기
2) ① ✕   ② ◯

읽어요

1) 학교 정문으로 들어가서 오른쪽에 있어요.
2) ① ✕   ② ◯

3과 여가 생활

들어요

1) ④
2) ① ✕   ② ✕

읽어요

1) 피아노를 치는 것이에요.
2) ① ◯   ② ✕

4과 건강

들어요

1) ②
2) 학교에 가면 안 돼요. 집에서 쉬세요.

읽어요

1) ②, ③
2) ① ◯   ② ✕

5과 좋아하는 것

들어요

1) ① ◯   ② ✕
2) 냉면이 맛있는 식당이에요. 가까워요.

읽어요

1) KU카페
2) 조용하고, 편한 의자하고 맛있는 커피가 있어서 자주 가요.

6과 가족

들어요

1) ①
2) ②

읽어요

2) 제 이야기를 잘 들어 주시고 언제나 믿어 주셔서
3) ① ✗   ② ✗

7과 여행

들어요

1) ③, ①, ②
2) ③

읽어요

1) 태백에 갔어요.
2) 눈을 처음 봐서

8과 옷 사기

들어요

1) 회색 재킷
2) ① ✗   ② ♡

읽어요

1) 여름 치마를 사러 갔어요.
2) 치마가 길고 비싸서 안 샀어요.
3) 파란색 치마, 싸고 잘 어울려서

9과 축하와 위로

들어요

1) 걱정돼요. (슬퍼요.)
2) ① ♡   ② ✗

읽어요

1) 지난주 금요일
2) ① ✗   ② ♡   ③ ✗

10과 안부

들어요

1) ③
2) ① ✗   ② ♡   ③ ✗

읽어요

1) 반모임 하는 것을 말해 주고 싶어서
2) ①

듣기 지문

1과　자기소개

011 생각해 봐요

정세진　안녕하세요. 저는 정세진이에요.
강용재　저는 강용재라고 해요. 세진 씨는 무슨 일을 해요?
정세진　저는 한국어 선생님이에요.

012 한 번 더 연습해요

슬기　무슨 일을 해요?
다니엘　지금 회사에 다녀요. 슬기 씨는 대학생이에요?
슬기　네, 지금 4학년이에요. 내년에 미국으로 유학을 가려고 해요.

013 이제 해 봐요

남　안녕하세요? 저는 서하준이에요. 고려대학교 학생이에요.
여　안녕하세요? 저는 하시모토 리나라고 해요. 지금 어학원에서 한국어를 공부하고 있어요.
남　리나 씨는 대학을 졸업했어요?
여　네, 졸업했어요. 하준 씨는 몇 학년이에요?
남　지금 3학년이에요. 졸업 후에는 대학원에 들어가려고 해요. 리나 씨는 한국어 공부를 마친 후에 뭘 할 거예요?
여　한국어 선생님이 되고 싶어요.

2과　위치

021 생각해 봐요

카밀라　화장실이 어디에 있어요?
안내　저기 카페 옆에 있어요.

022 한 번 더 연습해요

카밀라　정수기가 어디에 있어요?
경비원　사무실 옆에 있어요.
카밀라　사무실은 어디에 있어요?
경비원　2층으로 올라가서 오른쪽으로 가면 돼요.

023 이제 해 봐요

여　저기요, 여기에 현금인출기가 있어요?
경비원　아니요, 여기에는 현금인출기가 없어요. 근처에 은행이 있어요.
여　아, 근처예요?
경비원　네, 밖으로 나가서 오른쪽으로 가면 돼요.
여　감사합니다.

3과　여가 생활

031 생각해 봐요

하준　두엔 씨는 휴일에 보통 뭐 해요?
두엔　저는 집에서 드라마를 봐요. 하준 씨는 뭐 해요?
하준　저는 친구들하고 농구를 해요.

032 한 번 더 연습해요

나쓰미　무함마드 씨는 시간이 있을 때 보통 뭐 해요?
무함마드　저는 친구들하고 노래방에 자주 가요
나쓰미　노래하는 것을 좋아해요?
무함마드　네, 좋아해요. 나쓰미 씨는 수업이 끝난 후에 보통 뭐 해요?
나쓰미　저는 집에 있는 것을 좋아해요. 그래서 집에서 책도 읽고 드라마도 봐요.

033 이제 해 봐요

남 흐엉 씨는 시간이 있을 때 보통 뭐 해요?

여 저는 자전거 타는 것을 좋아해서 자주 한강에 가요. 알리 씨도 자전거를 자주 타요?

남 아니요, 저는 밖에 나가는 것을 싫어해서 그냥 집에 있어요.

여 그래요? 그러면 집에서는 뭐 해요?

남 그냥 운동경기도 보고 가끔 요리도 해요.

여 요리도 해요? 저는 음식을 만드는 게 어려워서 그냥 식당에서 먹는데.

남 저도 처음에는 그랬어요. 그런데 지금은 요리하는 것이 재미있어요.

여 그래요? 다음에 알리 씨 요리를 먹어 보고 싶어요.

4과 건강

041 생각해 봐요

웨이 나쓰미 씨, 어디 아파요?

나쓰미 네, 감기에 걸렸어요.

042 한 번 더 연습해요

지아 웨이 씨, 어디 아파요? 얼굴이 안 좋아요.

웨이 감기에 걸려서 몸이 좀 안 좋아요. 먼저 집에 가도 돼요?

지아 많이 힘들면 먼저 가도 돼요.

043 이제 해 봐요

남학생 여보세요. 선생님, 저 고트라예요.

선생님 아, 고트라 씨. 오늘 학교에 왜 안 왔어요?

남학생 제가 어제 허리를 조금 다쳤어요.

선생님 어머, 괜찮아요? 많이 다쳤어요?

남학생 많이 안 다쳤어요. 어제 병원에 갔다 왔어요. 그런데 의사 선생님이 "학교에 가면 안 돼요. 집에서 쉬세요." 말했어요. 그래서 학교에 안 갔어요.

선생님 그랬어요? 그럼 집에서 잘 쉬세요.

남학생 네, 선생님. 안녕히 계세요.

5과 좋아하는 것

051 생각해 봐요

카밀라 나쓰미 씨, 저쪽에 앉을래요?

나쓰미 여기는 사람이 너무 많아서 싫어요. 다른 곳으로 가요.

052 한 번 더 연습해요

하준 카밀라 씨는 어떤 사람을 만나고 싶어요?

카밀라 저는 재미있고 착한 사람을 만나고 싶어요. 하준 씨는요?

하준 저는 게임하는 것을 좋아해요. 그래서 게임을 좋아하는 사람을 만나고 싶어요.

053 이제 해 봐요

여 앤디 씨, 날씨가 덥지요?

남 네, 정말 더워요. 저는 추운 건 괜찮지만 더운 건 정말 싫어요. 슬기 씨는 어때요?

여 저도 더운 건 안 좋아해요. 그러면 우리 냉면 먹으러 갈래요? 제가 냉면이 맛있는 식당을 알아요.

남 냉면 좋아요. 그런데 그 식당 여기에서 가까워요?

여 네, 가까워요. 여기 근처예요.

남 빨리 가요.

6과 가족

061 생각해 봐요

카밀라 가족한테 자주 전화해요?

두엔 네, 자주 해요. 어제도 어머니, 남동생하고 영상 통화를 했어요.

062 한 번 더 연습해요

지아 무함마드 씨는 가족이 어떻게 돼요?

무함마드 아버지, 아내 그리고 아들이 한 명 있어요. 어머니는 제가 어렸을 때 돌아가셨어요.

지아 그래요? 가족이 모두 같이 살아요?

무함마드 아니요, 아버지께서는 이집트에 계세요. 거기에서 작은 식당을 하세요.

이제 해 봐요

남 　리나 씨는 가족이 어떻게 돼요?

여 　할머니, 부모님 그리고 언니가 한 명 있어요. 제가 막내예요.

남 　부모님은 어디에서 사세요?

여 　전에는 도쿄에서 사셨어요. 그런데 저희 할아버지가 돌아가신 후 할머니가 계시는 고향으로 이사 가셨어요. 1년 전에요.

남 　할머니는 건강하세요?

여 　네, 건강하세요.

7과　여행

071 생각해 봐요

두엔 　다니엘 씨, 방학에 뭐 했어요?

다니엘 　저 무함마드 씨하고 제주도에 갔다 왔어요. 바다도 보고 맛있는 음식도 먹고 정말 좋았어요.

072 한 번 더 연습해요

두엔 　이건 어디에서 찍은 거예요?

카밀라 　쇼핑몰에서 찍은 거예요. 부산 여행 때 가 봤어요.

두엔 　부산에서 간 곳 중에서 어디가 가장 좋았어요?

카밀라 　바닷가가 제일 좋았어요. 이게 바닷가 사진이에요.

두엔 　정말 좋았겠네요.

073 이제 해 봐요

여 　웨이 씨, 방학 때 뭐 했어요?

남 　친구들하고 라오스에 갔다 왔어요.

여 　라오스요? 좋았겠네요. 가서 뭐 했어요?

남 　첫째 날은 사원을 구경하고, 유명한 식당에서 라오스 음식을 먹어 봤어요. 그리고 다음 날에는 강으로 갔어요.

여 　강에서 수영도 했어요?

남 　네, 수영도 하고 사진도 많이 찍었어요.

8과　옷 사기

081 생각해 봐요

점원 　어서 오세요, 어떤 옷을 찾으세요?

웨이 　티셔츠를 하나 사려고 하는데요.

082 한 번 더 연습해요

점원 　어서 오세요. 뭘 찾으세요?

지아 　원피스를 하나 사려고 하는데요.

점원 　이 노란색 원피스는 어떠세요?

지안 　괜찮네요. 입어 봐도 돼요?

점원 　네, 입어 보세요. 어떠세요?

지아 　이건 저한테 잘 안 어울리는 것 같아요. 다음에 올게요.

083 이제 해 봐요

여 　어서 오세요. 어떤 옷을 찾으세요?

남 　재킷을 좀 보려고 하는데요.

여 　이건 어떠세요? 손님들이 많이 사세요.

남 　음, 그건 너무 짧은 것 같아요. 다른 것은 없어요?

여 　이 까만색 재킷은 어때요?

남 　괜찮은데, 다른 색도 있어요?

여 　네, 갈색하고 회색도 있어요.

남 　그럼 회색으로 한번 입어 볼게요.

여 　어떠세요? 마음에 드세요?

남 　네, 이걸로 주세요.

9과　축하와 위로

091 생각해 봐요

카밀라 　지아 씨, 생일 축하해요.

지아 　고마워요.

웨이 　이거 선물이에요.

092 한 번 더 연습해요

다니엘 지아 씨, 무슨 일 있어요? 오늘 기분이 안 좋은 것 같아요.

지아 동생이 감기에 걸렸는데 기침을 많이 하고 잠도 못 자요.

다니엘 어떡해요? 걱정되겠네요.

지아 동생이 빨리 나으면 좋겠어요.

093 이제 해 봐요

남 파티마 씨, 왜 그래요? 무슨 일 있어요?

여 지난주에 면접을 봤는데 떨어졌어요.

남 어떡해요?

여 이번 주에도 다른 면접이 있는데 너무 걱정돼요. 이 번에도 한국어 면접이에요.

남 이번에는 잘할 거예요. 걱정하지 마세요.

여 준비를 많이 해서 이번 면접에서는 꼭 합격하면 좋 겠어요.

10과 안부

101 생각해 봐요

지아 선배, 회사 일은 어때요? 요즘도 바빠요?

용재 요즘은 별로 안 바빠. 지아 너는 어때?

지아 저는 잘 지내요.

102 한 번 더 연습해요

슬기 하준아, 안녕. 오래간만이야.

하준 어, 슬기야. 정말 오랜만이야.

슬기 그동안 어떻게 지냈어?

하준 잘 지냈어. 너는 요즘 어떻게 지내?

슬기 나는 요즘 취직 준비를 하고 있어.

103 이제 해 봐요

남 선배, 정말 오래간만이에요.

여 그래, 정말 오랜만이네. 잘 지냈지?

남 네. 그런데 선배, 요즘도 많이 바빠요? 모임에도 거 의 안 오시고요.

여 그동안 회사 일이 많이 바빴어. 그런데 지난달에 나, 회사 그만두었어. 대학원에 들어가려고 해.

남 그래요? 그럼 이제 학교에서 선배 자주 볼 수 있겠 네요.

여 다음 달부터는 매일 도서관에서 공부할 건데, 밥 먹 을 사람 없으면 연락해.

발음

1과 격음화

014
1) 가 안녕하세요? 저는 박하나예요.
2) 가 언제 대학에 입학했어요?
나 올해 입학했어요.

015
1) 날씨도 좋고 기분도 좋다.
2) 떡하고 밥하고 라면을 먹었어요.
3) 깨끗하고 하얗게 해 주세요.
4) 백화점에 가려고 6호선을 탔어요.
5) 졸업하면 바로 취직할 거예요.
6) 수업 후에 뭐 할 거예요?

5과 소리 내어 읽기 1

054
1) 저는 게임을 아주 좋아해요. 컴퓨터로도 하고 휴대 폰으로도 게임을 자주 해요. 혼자 할 때도 있지만 친구하고 같이 할 때가 더 많아요. 고향에서도 많 이 했지만 한국에 와서 더 자주 하는 것 같아요. 한 국은 인터넷이 잘되어 있어서 게임을 할 때 더 편 해요.

2) 제가 좋아하는 사람은 목소리가 좋은 사람이에요. 얼굴이 조금 못생겨도 괜찮고, 키가 작아도 괜찮아 요. 목소리가 좋으면 다 멋있어 보여요. 목소리가 좋은 사람이 노래도 잘 부르면 더욱 멋있지요. 여 러분 주위에 목소리가 좋은 사람이 있으면 저에게 소개해 주세요.

7과   비음화

(074) 1) 가   친구랑 경주에 갔다 왔어요.
　　　나   참 좋았겠네요.

　　2) 가   밥하고 국 더 먹을래요?
　　　나   밥만 좀 더 주세요.

(075) 1) 한국말을 더 잘하고 싶어요.
　　2) 하준 씨는 대학교 삼학년이에요.
　　3) 봄이라서 경치가 예뻤겠네요.
　　4) 수업이 끝난 후에 만나요.
　　5) 요즘 날씨가 참 덥네요.
　　6) 다른 건 다 있는데 지갑만 없어요.

9과   소리 내어 읽기 2

(094) 1) 우리 오빠는 지금 한국에 없어요. 미국에서 유학
　　　중이에요. 언어학을 공부하고 있어요. 어렸을 때부
　　　터 항상 오빠와 함께 지냈는데 지금 오빠가 옆에
　　　없으니까 많이 보고 싶어요. 미국하고 시간이 달라
　　　서 전화하는 것도 힘들어요. 오늘 밤에는 꼭 영상
　　　통화를 하고 잘 거예요.

　　2) 저는 홍대에 자주 가요. 홍대에는 구경할 것이 많
　　　아요. 액세서리 가게도 많고 옷 가게도 많이 있어
　　　요. 그리고 맛있는 식당도 많고요. 여러 나라의 다
　　　양한 음식을 맛볼 수 있어서 좋아요. 홍대를 좋아
　　　하는 제일 큰 이유는 여러 음악을 들을 수 있기 때
　　　문이에요. 음악을 들으면서 홍대 거리를 걸으면 아
　　　주 행복해요.

어휘 찾아보기 (단원별)

1과

• 직업

작가, 화가, 번역가, 통역가, 공무원, 관광 가이드, 기자, 승무원, 한국어를 가르치다, 회사에 다니다, 옷 가게를 하다

• 신상

유치원, 유치원생, 초등학교, 초등학생, 중학교, 중학생, 고등학교, 고등학생, 대학(교), 대학생, 대학원, 대학원생, 대학교 3학년, 고등학교에 입학하다, 대학교를 졸업하다, 2급을 수료하다, 3급에 올라가다, 유학 중이다, 학교를 그만두다, 취직을 준비하다, 취직하다, 퇴직하다

• 새 단어

한국어, 영어, 중국어, 일본어, 스페인어, 외국어, 여행사, 학원, 받다(전화를), 영상 통화, 바로, 먼저, 마치다, 이사하다, 근처

2과

• 위치

위, 아래, 앞, 뒤, 옆, 오른쪽, 왼쪽, 안, 밖

• 시설

정수기, 자동판매기(자판기), 현금인출기(ATM), 엘리베이터, 에스컬레이터, 계단, 정문, 주차장

• 이동

위로 올라가다, 아래로 내려가다, 안으로 들어가다, 밖으로 나가다, 저쪽으로 돌아가다, 똑바로 가다

• 새 단어

문, 창문, 층, 지하, 남자, 여자, 물어보다, 앉다, 서다, 눕다, 소파, PC방(피시방), 노래방, 버스를 타다, 택시, 지하철, 다

3과

• 여가 활동

드라마를 보다, 운동 경기를 보다, 게임을 하다, 스마트폰을 하다, 요가를 하다, 농구를 하다, 배드민턴을 치다, 헬스장에 가다, 산책을 하다, 자전거를 타다, 악기를 배우다, 기타를 치다, 피아노를 치다, 춤을 추다, 춤을 연습하다, 노래를 부르다

• 빈도

자주, 가끔, 거의 안, 전혀 안

• 새 단어

같이, 요즘, 그런데, 어리다, 사전, 팝콘, 별로, 생각보다, 소리

4과

• 몸

얼굴, 눈, 코, 입, 이, 귀, 머리, 목, 어깨, 가슴, 배, 등, 허리, 엉덩이, 팔, 손, 손가락, 다리, 무릎, 발목, 발

• 건강

열이 나다, 기침을 하다, 콧물이 나다, 감기에 걸리다, 배탈이 나다, 다리를 다치다, 머리가 아프다, 알레르기가 심하다, 생리통이 심하다, 얼굴에 뭐가 나다, 잠을 못 자다, 몸이 안 좋다, 피곤하다, 괜찮다, 건강하다/좋다, 낫다

• 새 단어

잘, 더, 약, 시험, 배고프다, 쓰다, 술

5과

• 특징 1

체격이 크다, 체격이 작다, 키가 크다, 키가 작다, 뚱뚱하다, 보통이다, 날씬하다, 마르다, 어깨가 넓다, 어깨가 좁다, 손가락이 굵다, 손가락이 가늘다, 머리가 길다, 머리

가 짧다, 귀엽다, 멋있다, 예쁘다, 잘생기다, 못생기다, 똑똑하다, 착하다, 성격이 좋다, 성격이 안 좋다, 이상하다

- **특징 2**

가깝다, 멀다, 넓다, 좁다, 밝다, 어둡다, 깨끗하다, 더럽다, 조용하다, 시끄럽다, 편하다, 불편하다, 가볍다, 무겁다, 뜨겁다, 차갑다

- **새 단어**

다른, 노트북, 기숙사, 찾다, 꼭, 같다, 마음에 들다

6 과

- **가족**

아버지, 어머니, 부모님, 형, 누나, 오빠, 언니, 남동생, 여동생, 남편, 아내, 딸, 아들, 할아버지, 할머니, 삼촌, 고모, 이모, 사촌, 조카, 친척

- **형제**

첫째, 둘째, 셋째, 막내, 혼자, 쌍둥이

- **경어**

드시다, 잡수시다, 주무시다, 계시다, 편찮으시다, 돌아가시다, 댁, 성함, 연세, 분, 말씀

- **새 단어**

저희, 신문, 사장님, 아직, 돕다, 웃다, 믿다, 울다

7 과

- **여행지**

산, 강, 호수, 바닷가, 해수욕장, 섬, 폭포, 온천, 미술관, 사원, 절, 성당, 민속촌, 쇼핑몰

- **새 단어**

야경, 야시장, 회, 배, 한복, 경치, 아름답다, 나무

8 과

- **옷**

바지, 청바지, 반바지, 치마, 셔츠, 티셔츠, 블라우스, 스웨터, 카디건, 점퍼, 재킷, 코트, 원피스, 정장, 한복, 교복, 속옷

- **색**

빨간색, 파란색, 노란색, 까만색/검은색, 하얀색/흰색, 초록색/녹색, 주황색, 갈색, 남색, 회색, 보라색, 분홍색, 하늘색, 베이지색

- **새 단어**

양말, 어울리다, 맞다, 약속, 또, 나중에

9 과

- **기분 · 감정**

행복하다, 기쁘다, 걱정되다, 외롭다, 무섭다, 슬프다, 짜증이 나다, 화가 나다, 기분이 좋다, 기분이 안 좋다, 기분이 나쁘다

- **축하하는 일**

시험을 잘 보다, 장학금을 받다, 시험에 합격하다, 아르바이트를 구하다, 회사에 취직하다, 승진하다, 남자/여자 친구가 생기다, 결혼하다

- **위로하는 일**

시험을 잘 못 보다, 시험에 떨어지다, *발표할 때* 실수하다, *물건*을 잃어버리다, *물건*이 고장 나다, 남자/여자 친구하고 헤어지다, *동생*이 아프다, *할아버지*가 편찮으시다, *할머니*가 돌아가시다, *강아지*가 죽다

- **새 단어**

받다, 그냥, 면접, 걱정하지 마세요, 아마, 글쎄요, 곧, 모든 것

10 과

- **근황**

잘 지내다, 별일 없다, 정신없이 바쁘다, 잘 못 지내다

- **관계**

선배, 후배, 과 동기, 반 친구, 룸메이트, 사장님, 직장 상사, 부하 직원, 회사 동료

- **새 단어**

연락하다, 너, 푹, 모임, 오래, 뵈다, 네, 화장품

어휘 찾아보기 (가나다순)

어휘 찾아보기 (가나다순)

문법 찾아보기

1과

-고 있다

● 어떤 동작이 진행됨을 나타낸다.
表現某種動作正在進行。

동사	받침 ○	-고 있다	듣다 → 듣고 있다
	받침 × ㄹ받침		보다 → 보고 있다 살다 → 살고 있다

가 다니엘 씨는 지금 뭐 해요?
나 도서관에서 공부를 하고 있어요.

-(으)ㄴ 후에

● 앞의 일이 끝난 다음에를 나타낸다.
表現前面的事情結束之後。

동사	받침 ○	-은 후에	읽다 → 읽은 후에 듣다 → 들은 후에
	받침 × ㄹ받침	-ㄴ 후에	끝나다 → 끝난 후에 만들다 → 만든 후에

가 언제 여행을 가요?
나 이번 학기가 끝난 후에 갈 거예요.

-(으)려고 하다

● 어떤 일을 할 생각이나 계획이 있음을 나타낸다.
表現有做某事的想法或計畫。

동사	받침 ○	-으려고 하다	읽다 → 읽으려고 하다
	받침 × ㄹ받침	-려고 하다	보다 → 보려고 하다 만들다 → 만들려고 하다

가 대학교를 졸업한 후에 뭐 할 거예요?
나 한국에서 취직하려고 해요.

● 과거에 할 생각이 있었거나 계획했던 일에도 사용한다.
也可以使用在過去有想過或計劃過的事情。

가 방학에 뭐 했어요?
나 고향에 가려고 했어요. 그렇지만 일이 많아서 못 갔어요.

2과

에 있다

● 사람이나 물건이 어디에 위치하는지를 나타낸다.
表現人或事物所在的位置。

가 알리 씨가 어디에 있어요?
나 저기 문 앞에 있어요.

-아서/어서/여서

● 동작이 밀접한 관계를 가지고 순차적으로 일어남을 나타낸다.
表現動作之間有密切的關聯並且依序發生。

동사	ㅏ, ㅗ ○	-아서	가다 → 가서
	ㅏ, ㅗ ×	-어서	만들다 → 만들어서
	하다	-여서	시작하다 → 시작해서

가 어제 뭐 했어요?
나 친구 집에 가서 놀았어요.

가 이 가방 지아 씨가 만들었어요?
나 아니요, 우리 언니가 만들어서 줬어요.

- '에 가서', '을/를 만나서', '을/를 사서', '을/를 만들어서', '에 앉아서/서서/누워서'와 같은 형태로 자주 사용한다.
  常以「에 가서」、「을/를 만나서」、「을/를 사서」、「을/를 만들어서」、「에 앉아서/서서/누워서」等形式使用。

가　여기에 앉아서 이야기할래요?
나　네, 좋아요.

- (으)면 되다

- 어떤 결과를 충족하는 수준임을 나타낸다.
  表現達到能滿足某種結果的水準。

동사	받침 ○	-으면 되다	읽다 → 읽으면 되다
	받침 × ㄹ받침	-면 되다	쓰다 → 쓰면 되다 만들다 → 만들면 되다

가　사무실에 어떻게 가요?
나　저기에서 엘리베이터를 타면 돼요.

가　다 샀어요?
나　과일만 사면 돼요.

3과

- (으)러 가다

- 앞의 행동을 하기 위해 이동함을 나타낸다.
  表現為了進行前面的行動而移動。

동사	받침 ○	-으러 가다	먹다 → 먹으러 가다
	받침 × ㄹ받침	-러 가다	보다 → 보러 가다 놀다 → 놀러 가다

- '-(으)러 가다/오다/다니다'의 형태로 사용한다.
  常以「-(으)로 가다/오다/다니다」的型態使用。

가　어디 가요?
나　시험이 끝나서 홍대에 놀러 가요.

- (으)ㄹ 때

- 어떤 동작이나 상태가 진행되는 순간이나 진행되는 동안을 나타낸다.
  表現某種動作、狀態進行的瞬間或持續的期間。

동사 형용사	받침 ○	-을 때	좋다 → 좋을 때
	받침 × ㄹ받침	-ㄹ 때	보다 → 볼 때 힘들다 → 힘들 때

가　학교에 갈 때 뭐 타고 가요?
나　버스를 타고 가요.

- 앞의 동작이나 상태가 이미 완료되었을 때는 '-았을/었을/였을 때'를 사용한다.
  前面的動作或狀態已經完成時使用「-았을/었을/였을 때」。

가　다니엘 씨도 같이 영화를 봤어요?
나　아니요, 다니엘 씨는 영화가 다 끝났을 때 왔어요.

-는 것

- 동사 어간에 붙어 동사를 명사처럼 사용할 수 있게 한다.
  加在動詞詞幹之後，讓動詞可以像名詞一樣使用。

동사	받침 ○	-는 것	먹다 → 먹는 것
	받침 × ㄹ받침		보다 → 보는 것 만들다 → 만드는 것

가　악기 배우는 것을 좋아해요?
나　네. 그래서 어릴 때부터 여러 악기를 배웠어요.

4과

- (으)면 🔍

- 뒤의 내용에 대한 조건이나 가정을 나타낸다.
  表現針對後面內容的條件或假設。

동사 형용사	받침 ○	-으면	먹다 → 먹으면
	받침 × ㄹ받침	-면	아프다 → 아프면 만들다 → 만들면

가 배가 고프면 밥 먹으러 갈래요?
나 네, 좋아요.

가 돈이 많으면 뭘 하고 싶어요?
나 돈이 많으면 세계 여행을 하고 싶어요.

- 아도/어도/여도 되다 🔍

- 행동의 허락이나 허용을 나타낸다.
  表現對某行動的允許或容忍。

동사	ㅏ, ㅗ ○	-아도 되다	앉다 → 앉아도 되다
	ㅏ, ㅗ ×	-어도 되다	쉬다 → 쉬어도 되다
	하다	-여도 되다	하다 → 해도 되다

가 지금 선생님한테 전화해도 돼요?
나 너무 늦었어요. 내일 아침에 하세요.

- '되다' 대신에 '좋다', '괜찮다'를 사용하기도 한다.
  也可以用「좋다」、「괜찮다」代替「되다」。

  가 여기에 앉아도 괜찮아요?
  나 네, 앉으세요.

- (으)면 안 되다 🔍

- 행동을 금지하거나 제한함을 나타낸다.
  表現禁止或限制某行動。

동사	받침 ○	-으면 안 되다	먹다 → 먹으면 안 되다
	받침 × ㄹ받침	-면 안 되다	들어가다 → 들어가면 안 되다 만들다 → 만들면 안 되다

가 지금 교실에 들어가도 돼요?
나 지금 들어가면 안 돼요. 수업이 안 끝났어요.

가 이 약은 하루에 하나만 드세요. 많이 먹으면 안 돼요.
나 네, 알겠어요.

5과

- 지만 🔍

- 앞의 내용이 뒤의 내용과 반대됨을 나타낸다.
  表現前面的內容與後面的內容相反。

동사 형용사	받침 ○	-지만	좋다 → 좋지만
	받침 × ㄹ받침		바쁘다 → 바쁘지만 살다 → 살지만

- 과거의 내용이 앞에 올 때는 '-았지만/었지만/였지만'을 사용한다.
  過去的內容在前面時使用「-았지만/었지만/였지만」。

  가 약을 먹었지만 지금도 머리가 아파요.
  나 그러면 집에 가서 쉬세요.

- (으)면 좋겠다 🔍

- 바람이나 기대를 나타낸다.
  表現希望或期待。

동사 형용사	받침 ○	-으면 좋겠다	먹다 → 먹으면 좋겠다
	받침 × ㄹ받침	-면 좋겠다	크다 → 크면 좋겠다 만들다 → 만들면 좋겠다

가　저는 한국어를 잘하면 좋겠어요.

나　그러면 한국 친구를 많이 사귀세요.

- '-았으면/었으면/였으면 좋겠다'를 사용하기도 한다.
  也可以使用「-았으면/었으면/였으면 좋겠다」。

- 다른 사람, 사물, 상태 등에 대한 바람이나 기대도 이야기할 수 있다.
  也可以用於談論對於其他人、事物、狀態的希望或期待。

  저는 다니엘 씨가 저한테 자주 전화하면 좋겠어요.
  이번 겨울에 눈이 많이 오면 좋겠어요.

- 는/(으)ㄴ ▼ 🔍

- 뒤에 오는 명사를 수식한다. 그 동작이나 상태가 현재임을 나타낸다.
  用於修飾後面的名詞，表現那為現在的動作或狀態。

동사	받침 ○	-는	읽다 → 읽는
			재미있다 → 재미있는
있다, 없다	받침 × ㄹ받침		보다 → 보는
			살다 → 사는

형용사	받침 ○	-은	많다 → 많은
	받침 × ㄹ받침	-ㄴ	크다 → 큰
			멀다 → 먼

가　지금 읽는 책은 제목이 뭐예요?

나　'한국어 산책'이에요.

가　어떤 사람이 좋아요?

나　저는 운동을 잘하는 사람이 좋아요.

---

6 과

높임말 ▼ 🔍

- 높임말은 문장의 주어가 말하는 사람보다 나이가 많거나 지위가 높을 때 사용한다.
  當句子的主語比說話者年紀更大或地位更高時，須使用敬語。

- '-(으)세요'는 주어의 행동이나 상태를 높이는 현재 시제 표현이다.
  「-(으)세요」是對主語的行動或狀態表示尊敬的現在時態表現。

동사	받침 ○	-으세요	읽다 → 읽으세요
형용사	받침 × ㄹ받침	-세요	크다 → 크세요
			살다 → 사세요

가　아버지께서는 지금 뭐 하세요?

나　어머니하고 같이 음식을 만드세요.

- (으)셨어요 ▼ 🔍

- '-(으)셨어요'는 주어의 행동이나 상태를 높이는 과거 시제 표현이다.
  「-(으)셨어요」是對主語的行動或狀態表示尊敬的過去時態表現。

동사	받침 ○	-으셨어요	읽다 → 읽으셨어요
형용사	받침 × ㄹ받침	-셨어요	크다 → 크셨어요
			살다 → 사셨어요

가　올리버 씨의 어머니께서는 언제부터 한국에서 사셨어요?

나　5년 전부터 한국에 사셨어요.

- (으)실 거예요 ▼ 🔍

- '-(으)실 거예요'는 주어를 높이는 표현으로 앞으로의 계획이나 예정을 나타낸다.
  「-(으)실 거예요」是對主語表示尊敬的表達方式，用於表現未來的計畫或打算。

동사	받침 ○	-으실 거예요	읽다 → 읽으실 거예요
	받침 × ㄹ받침	-실 거예요	오다 → 오실 거예요
			만들다 → 만드실 거예요

가　선생님은 오늘 안 오세요?

나　8시쯤 오실 거예요.

- -아/어/여 주다/드리다

- 다른 사람에게 도움이 되는 어떤 행동을 함을 나타낸다.
  表現做出對他人有幫助的某種行動。

동사	ㅏ, ㅗ ○	-아 주다	사다 → 사 주다
	ㅏ, ㅗ ×	-어 주다	쓰다 → 써 주다
	하다	-여 주다	하다 → 해 주다

가 저 좀 도와줄 수 있어요?

나 네, 뭐 하면 돼요?

가 여기서 드실 거예요?

나 아니요, 포장해 주세요. 가져갈 거예요.

- '주다'는 행동을 하는 사람을 높일 때는 '주시다'로, 행동을 받는 사람을 높일 때는 '드리다'로 사용한다.
  對做「주다」這行動的人表示尊敬時，使用「주시다」，對接受「주다」這行動的人表示尊敬時，使用「드리다」。

할아버지께서 이 시계를 저한테 사 주셨어요.

저는 할아버지께 이 시계를 사 드릴 거예요.

7과

- -아/어/여 보다

- 어떤 행동을 경험하거나 시도함을 나타낸다.
  表現體驗或嘗試某種行動。

동사	ㅏ, ㅗ ○	-아 보다	가다 → 가 보다
	ㅏ, ㅗ ×	-어 보다	먹다 → 먹어 보다 듣다 → 들어 보다
	하다	-여 보다	하다 → 해 보다

가 한국에 가 보고 싶어요.

나 저는 작년에 한국에 가 봤어요. 정말 좋았어요.

- -(으)ㄴ

- 동사에 붙어 뒤에 오는 명사를 수식한다. 그 동작이 과거에 일어났음을 나타낸다.
  加在動詞之後，用來修飾後面出現的名詞。表現該動作發生在過去。

동사	받침 ○	-은	읽다 → 읽은
	받침 × ㄹ받침	-ㄴ	보다 → 본 만들다 → 만든

가 어제 본 영화 재미있었어요?

나 아니요, 별로 재미없었어요.

- -네요

- 말하는 사람이 새롭게 안 사실임을 나타낸다. 보통 감탄의 의미로 사용한다.
  表現說話者新得知的事實，通常用於表現感嘆的意思。

동사 형용사	받침 ○	-네요	좋다 → 좋네요
	받침 × ㄹ받침		보다 → 보네요 만들다 → 만드네요

가 어, 밖에 눈이 오네요.

나 정말요?

가 여기 커피 정말 맛있네요.

나 그래서 사람들이 정말 많이 와요.

- 말하는 사람의 즉각적인 추측을 나타낼 때는 '-겠네요'를 사용한다.
  表現說話者立即的推測時使用「-겠네요」。

가 이거 먹어 볼래요? 제가 만든 거예요.

나 와, 정말 맛있겠네요. 고마워요.

문법 찾아보기

- 는 것 같다 /(으)ㄴ 것 같다 ▼ 🔍

● 어떤 사실이나 상태에 대한 추측을 나타낸다.
表現對某種事實或狀態的推測。

동사 있다, 없다	받침 ○	-는 것 같다	입다 → 입는 것 같다 재미있다 → 재미있는 것 같다
	받침 × ㄹ받침		자다 → 자는 것 같다 살다 → 사는 것 같다

형용사	받침 ○	-은 것 같다	많다 → 많은 것 같다
	받침 × ㄹ받침	-ㄴ 것 같다	크다 → 큰 것 같다 멀다 → 먼 것 같다

가 영진 씨한테 전화했어요?
나 지금 자는 것 같아요. 전화도 안 받아요.

● 자신의 의견을 겸손하고 부드럽게 이야기할 때 사용하기도 한다.
也可以用於謙虛溫和地表達自己的意見。

가 이 식당 좀 비싼 것 같아요.
나 맞아요. 그런데 음식이 맛있어요.

- (으)ㄹ게요 ▼ 🔍

● 자신의 결정이나 상대에 대한 약속을 나타낸다.
表現自己的決定或是與對方的約定。

동사	받침 ○	-을게요	먹다 → 먹을게요
	받침 × ㄹ받침	-ㄹ게요	사다 → 살게요 만들다 → 만들게요

가 뭐 마실래요?
나 저는 주스 마실게요.

가 요즘 한국어 공부가 조금 힘들어요.
나 모르는 것이 있으면 제가 가르쳐 줄게요.

- 는데 /(으)ㄴ데 ▼ 🔍

● 앞의 내용이 뒤의 내용에 대한 상황이나 배경이 됨을 나타낸다.
表現前文的內容為後文內容的情況或背景。

동사 있다, 없다	받침 ○	-는데	있다 → 있는데
	받침 × ㄹ받침		보다 → 보는데 살다 → 사는데

형용사	받침 ○	-은데	많다 → 많은데
	받침 × ㄹ받침	-ㄴ데	행복하다 → 행복한데 힘들다 → 힘든데

가 밖에 비가 오는데 우산이 없어요.
나 그러면 제 차를 타고 같이 가요.

● 앞의 내용이 이미 완료된 동작이나 상태이면 '-았는데/었는데/였는데'를 사용한다.
前文的內容如果是已經完成的動作或狀態使用「-았는데/었는데/였는데」。

가 어제 명동에 갔는데 거기에서 영화배우 정우성 씨를 봤어요.
나 정말 좋았겠네요.

- (으)ㄹ 것이다 ▼ 🔍

● 어떤 사실이나 상태에 대한 추측을 나타낸다.
表現對某種事實或狀態的推測。

동사 형용사	받침 ○	-을 것이다	재미있다 → 재미있을 것이다
	받침 × ㄹ받침	-ㄹ 것이다	오다 → 올 것이다 멀다 → 멀 것이다

가 웨이 씨가 이 선물을 좋아할까요?
나 네, 좋아할 거예요.

반말 1 (-아/어/여) ▼ 🔍

● 반말은 나이가 많은 사람이 나이가 어린 사람한테 또는 나이가 비슷한 친구나 동료 사이에서 사용한다. 대부분의 경우 아래와 같이 '-아요/어요/여요'체에서 '요'를 빼면 반말이 된다.

平語用於年長者對年幼者、年齡相近的朋友或同事之間。大多數的情況只要像下面那樣將「-아요/어요/여요」體中的「요」去掉即可變成平語。

-아요/어요/여요	→	-아/어/여
-았어요/었어요/였어요	→	-았어/었어/였어
-지요?	→	-지?
-(으)ㄹ게요	→	-(으)ㄹ게
-(으)ㄹ래요?	→	-(으)ㄹ래?

가　지금 뭐 해?
나　김밥 먹고 있어.
가　맛있어?
나　응, 괜찮아.

가　지금 바빠?
나　아니, 왜?
가　같이 점심 먹으러 갈래? 내가 살게.
나　그래. 좋아.

반말 2 (-야) ▼ 🔍

● '-야'는 '이다', '아니다'에 붙는 반말체 어미이다.
「-야」是加在「이다」、「아니다」之後的平語體語尾。

	받침 ○	이야	학생이다 → 학생이야
명사	받침 ×	-야	가수다 → 가수야
	아니다	-야	아니다 → 아니야

● 계획이나 예정을 나타내는 '-(으)ㄹ 것이다'의 반말은 '-(으)ㄹ 것이야'지만 일상 대화에서는 '-(으)ㄹ 거야'를 더 많이 사용한다.

表現計畫或打算的「-(으)ㄹ 것이다」的平語雖然是「-(으)ㄹ 것이야」，但在日常對話中，「-(으)ㄹ 거야」更常被使用。

가　시험이 다음 주 금요일이야?
나　다음 주가 아니야. 이번 주 금요일이야.

가　방학에 뭐 할 거야?
나　여행 갈 거야.

-(으)ㄹ ▼ 🔍

● 동사에 붙어 뒤에 오는 명사를 수식한다. 그 동작이 앞으로 일어남을 나타낸다.

「-(으)ㄹ」加在動詞之後用來修飾後面的名詞，表現該動作將在未來發生。

	받침 ○	-을	먹다 → 먹을
동사	받침 ×ㄹ받침	-ㄹ	가다 → 갈놀다 → 놀

가　어디 가?
나　집에 먹을 게 없어서 시장에 가.

國家圖書館出版品預行編目資料

新高麗大學韓國語2/ 高麗大學韓國語中心編著；
朴炳善、陳慶智翻譯、中文審訂
-- 初版-- 臺北市：瑞蘭國際, 2023.12
220面；21.5×27.5公分 --（外語學習系列；125）
譯自：고려대한국어2
ISBN：978-626-7274-63-7（第2冊：平裝）
1. CST：韓語 2. CST：讀本

803.28   112015656

外語學習系列 125

新高麗大學韓國語 ❷

編著｜高麗大學韓國語中心
翻譯、中文審訂｜朴炳善、陳慶智
責任編輯｜潘治婷、王愿琦
校對｜朴炳善、陳慶智、潘治婷

內文排版｜陳如琪

瑞蘭國際出版
董事長｜張暖彗 · 社長兼總編輯｜王愿琦
編輯部
副總編輯｜葉仲芸 · 主編｜潘治婷
設計部主任｜陳如琪
業務部
經理｜楊米琪 · 主任｜林湲洵 · 組長｜張毓庭

出版社｜瑞蘭國際有限公司 · 地址｜台北市大安區安和路一段 104 號 7 樓之一
電話｜ (02)2700-4625 · 傳真｜ (02)2700-4622 · 訂購專線｜ (02)2700-4625
劃撥帳號｜ 19914152 瑞蘭國際有限公司
瑞蘭國際網路書城｜ www.genki-japan.com.tw

法律顧問｜海灣國際法律事務所 呂錦峯律師
總經銷｜聯合發行股份有限公司 · 電話｜ (02)2917-8022、2917-8042
傳真｜ (02)2915-6275、2915-7212 · 印刷｜科億印刷股份有限公司
出版日期｜ 2023 年 12 月初版 1 刷 · 定價｜ 650 元 · ISBN｜ 978-626-7274-63-7

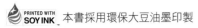

本書採用環保大豆油墨印製